スパイ教室 短編集02

私を愛したスパイ先生

SPY ROOM

code name

花園

code name
夢語

code name
愚人

code name
忘我

I'm watching you.

スパイ教室 短編集02
私を愛したスパイ先生

竹町

ファンタジア文庫

3147

口絵・本文イラスト　トマリ
銃器設定協力　アサウラ

SPY ROOM

the room is a specialized institution of mission impossible

the spy teacher who loved me

CONTENTS

プロローグ　私を愛したスパイ先生

コツン、と高い音が鳴った。

ティアはシャベルで丁寧に周囲の土を取り除いた。地面から出てきたのは、小さな鉄の箱だ。大きさは両手に収まる程度。シャベルを投げ捨て、持ち上げる。

鉄の箱には、錠が取り付けられている。

目を見開いた。

「本当にあった……」

仲間に用意してもらった金属探知機で、彼女は陽炎パレスと呼ばれる洋館を隈なく捜しあげた。三日かけても目的のものを発見できず洋館にはないかもしれない、と諦めかけた時、庭園の花壇でようやく掘り当てることができた。

ティアは息を呑んだ。

深呼吸をした後、懐から布に包まれたものを取り出した。

「紅炉さんがくれた鍵……」

つい、まじまじと見つめてしまう。

──伝説のスパイチーム『焔(ほむら)』の前ボス。

──世界最高のスパイと呼ばれ、世界大戦の終結にも貢献した伝説のスパイ。

──かつてティアを救い出してくれた恩人。

彼女が、ティアの人生に与えた影響は計り知れない。誘拐された自分を救出し、そしてスパイとしての目標を与えてくれた。『紫蟻(むらさきあり)』との死闘を繰り広げたミータリオでは、命果てる寸前、ティアに希望を託した。

（そういえば……）

彼女を思い出す時、ふと気になることがある。

（……どうして紅炉さんは、先生が私をミータリオに連れてくると思ったのかしら？）

謎と言えば、謎である。

ムザイア合衆国の首都・ミータリオで、紅炉は『紫蟻』に殺される寸前「黒髪の英雄」という都市伝説を残し、『紫蟻』の支配に綻びを生み出した。

だが、都合の良さは感じなくもない。

整理をしてみる。『紅炉』が予見できたであろう未来について。

【未来①　『紫蟻』の部下ローランド＝『屍(しかばね)』がクラウスと接触する】

↓　予想できる。というより、彼女はそうなるように彼に暗示を植え付けたらしい。

【未来②　クラウスが、紅炉の亡くなったミータリオに向かう】

↓　予想できる。クラウスは確実にローランドを撃退し、情報を聞き出せるはずだ。

クラウスの強さを考えれば、当然に訪れる未来だ。

【未来③　クラウスがミータリオに挑む際、新チームを結成する】

↓　多分予想できる。ローランドいわく、紅炉は自身が裏切られた事実を知っていた。

『焔』の壊滅も十分に推測でき、クラウスが新たなチームを作ることは予想できる。

【未来④　クラウスが結成する新チームにティアが加入している】

↓　無理では？

そう、最後が不明確なのだ。

ティアが『灯』に訪れたのは、『紅炉』が死んだ後だ。彼女がそれを知る術はない。しかし『紅炉』はその事実を確信していたように、ミータリオに布石をばら撒いた。どうやって未来を当てたのだろうか。

腑に落ちない。

（……まぁ、考えても仕方がないわ。『紅炉』さんなら理屈を超えた力があるのかも）

そう自分に言い聞かせ、手元の箱に集中する。

――私を超える少女へ。

『紅炉』は亡くなる前、ティアにプレゼントを用意していた。それは短くも力強い一文と、詳細不明の鍵だった。

その鍵に合う錠の存在は、クラウスでさえ知らなかった。

だからティアは陽炎パレス中を捜し続けた。そして、ついにそれらしき箱を見つけ出した。

唾を呑み、錠に鍵を差し込む。カチリと小気味のいい音が鳴った。

声が漏れ出る。

ようやく辿り着けた。『紅炉』が自身に託した、贈り物に。

はやる心を抑えつつ、その箱を自室まで持ち運んだ。慎重に開けてみる。中には木箱が詰められている。内部に水が沁み込まないよう、かなり厳重に守られていたようだ。

ティアはその木箱を開けた。

「………写真？」

中に入っていたのは、数枚の風景写真だった。建物を写している。二階建ての木造建築物だ。なんとなく既視感を感じるが、こんなもの世界中いくらでもある。特定できない。

写真の裏面に何か記されている。

《クラウスは、アナタを　　　ている》

「え……？」

目を見開く。まさかここでクラウスの名が出るとは。

奇妙な文章だった。肝心な箇所が空白になっている。そこだけ腐食したという様子はない。初めから書かれていなかったのだろう。

ティアは小さく息をついた。

さすが紅炉というべきか。簡単に贈り物を与えてはくれないらしい。

メッセージの意図を読み取る。

「…………自分で推理しろ、ということかな」

——世界は痛みに満ちている。

世界大戦から十年、各国が軍隊ではなくスパイにより自国の利益を追求するようになった時代。小国・ディン共和国もまた諜報機関を設立し、各国へ諜報員を送り込んでいた。

『灯』はその機関の一つ。八人の養成学校の落ちこぼれの少女と、クラウスという男性のボスにより編成された、特殊なチームである。

彼らはムザイア合衆国で強敵『紫蟻』の捕縛に成功し、宿敵であるガルガド帝国のスパイ機関『蛇』の一端を摑むことに成功した。誰一人欠けることなく帰国し、恒例の任務後の休暇を満喫していた。

そして休暇中、『紅炉』の遺言を発端にして、ある騒動が勃発しようとしていた。

『灯』の本拠地・陽炎パレスで怪物が徘徊していた。

隅々まで贅を凝らした煌びやかな洋館であり、一目見ただけで、住人の優雅な暮らしぶりを想起させる立派な建物であるが、あまりに似つかわしくない存在が闊歩していた。

長く伸びる黒髪を四方八方に広げ、まるで黒い塊が蠢いて見える。その髪の隙間から見える顔は死人のように白く、目元は濃いクマが広がっている。生気のない口からは常にぶつぶつと譫言のような声が漏れていた。

「……あの空欄に入るのは、なに…………狙っている？　……知っている？　……見ている？　……うぅ、ヒントもないし……と、とりあえず紙に書いていきましょう……」

ティアである。

本来ならば艶やかな黒髪を伸ばし、凹凸に富んだプロポーションを自慢するような態度を示す少女なのだが、今はその面影がない。

――三日三晩、彼女は『紅炉』の遺言を考え続けた。

しかしこれぞという答えが見つけられず、アイデアを当てもなく並べている状況だった。

食事も摂らず風呂にも入らず部屋に籠り、時折廊下を徘徊しては不気味な呟きと共に、部屋へ戻っていく。

傍から見れば、不気味でしかない。

「ティアちゃん、今日も絶不調ですねぇ」

そう食堂で呑気な声をあげるのは『花園』のリリィ――愛らしい容姿と豊満なバストが特徴の銀髪の少女である。

一応少女たちのリーダーである彼女は、ずっとティアを気にかけていた。

「放っておけばいいんじゃない？　本人が相談してこないんだから」

冷たくあしらうのは『氷刃』のモニカ——アシンメトリー——の蒼銀髪以外の特徴を消したような少女。

リリィとモニカが、朝食のトーストを齧りながら会話を交わす。

「でもお化けじみてきましたよ。夜に会うと『悪霊退散』って叫びたくなるんですが」

「昨晩はエルナが腰を抜かして、半泣きになってた」

「実害が出てるっ⁉」

「まぁ好きにさせればいいよ。ボクは休暇を満喫する方が大事かな」

あくまでも素っ気なくトーストを完食すると、モニカはさっさと食堂から去っていった。自室に戻って読書でもするのだろう。

確かに本人が自発的に取り組んでいる以上、他人が口出しできる問題ではない。

それより自身の休暇を優先させるべきだろう。もう朝の八時となっているが、いまだ起きてこない少女も多い。朝寝坊を堪能しているようだ。

（そうですね、わたしも今日は首都の方までお出かけしましょうか）

そう考え、リリィもまた自室に戻った。

久しぶりの休暇なのだ。たまには可愛い私服に着替えて、仲間を誘ってスイーツ店巡りをしてもいいかもしれない。あるいは一人でふらっと旅行に出かけても楽しそうだ。実は何も考えずに、ぼーっと空を眺める時間も好きである。

次々と浮かぶ休日のプランに胸を躍らせ、リリィは自室に戻った。元々の自室は、ミータリオ任務前に爆破されたため、空き室だった部屋を新しい根城と定めていた。

扉を開くと、一枚の紙が床に置かれていた。

あれ、と思いながら手に取ると、そこには簡潔な一文が記されていた。

《クラウスは、アナタを愛している》

「……」

リリィはその文章を見つめ、しばらく硬直する。

――ネタバラシ。言うまでもなく、ティアが書き記した一文である。彼女は『紅炉（こうろ）』からの遺言を推理し、案を紙に書き殴っていた。意識を朦朧（もうろう）とさせながら徘徊する彼女は、書き留めた案を落とし、その紙は偶然にも扉の隙間からリリィの部屋に潜り込んだのだ。

明かしてしまえば、それだけのハプニング。

しかしティアから何も相談されていないリリィは、『紅炉』の遺言など知らない。突如部屋に投げ込まれた手紙——というより告発文に見える文章と向き合った。

その内容を正直に捉えるならば——。

（クラウス先生は……わたしのことを、愛している……？）

そう読めてしまう。

差出人は不明だ。何者かがクラウスの本心に気づき、それをリリィに伝えようとしているように見える。

「えええええええええええええええええええええええっ‼」

陽炎（かげろう）パレスにリリィの絶叫が響いた。

誤解一人目。

廊下をのたうち回るリリィの下に、二人の少女が駆け付けた。

「リリィお姉ちゃん、どうしたの？」「俺様っ、なんだか面白い予感がしましたっ」

人形のような美しさを持つ小柄な金髪の少女――『愚人』のエルナ。

左目に大きな眼帯をつけた、奇抜な容姿の灰桃髪の少女――『忘我』のアネット。

二人の少女が見たのは、顔を真っ赤にさせて廊下をふらふらと蛇行し、壁にぶつかりまくっているリリィだった。どう見ても異常事態である。

とりあえず二人は慌てて、リリィの身体を取り押さえた。

「落ち着いてほしいの。心配なの！」

「姉貴、白状しやがってくださいっ。何があったんですかっ？」

左右から挟むように、二人はリリィにしがみついた。

「こ、こ、こ……」

リリィは言葉に詰まっているようだった。図太いメンタルを持ち、どんな窮地でも堂々としている彼女にしては珍しい。

「「こ？」」

「つまりっ！」リリィは叫んだ。「こ、こういうことですっ！」

彼女はエルナとアネットを振りほどくように身を捩ると、一枚の紙を置いて全力で走り去っていった。瞬く間に廊下の端に辿り着き、階段の向こうへ消えていく。

残された エルナは首を捻った。

「一体何があったの？」

「俺様、このお手紙を見れば解決すると思いますっ」

アネットは、リリィが置いていった紙を開いた。

どうやら彼女を狂わせたのは、この手紙らしい。

《クラウスは、アナタを愛している》

「の……？」「んっ？」

エルナとアネットは二人同時に首を傾げた。

「誰に向けたお手紙なの？」

「誰って……リリィの姉貴が、俺様たちに渡してきたお手紙……ですよねっ？」

リリィは、他でもない自分たちにコレを渡してきたのだ。『これを読んで事態を察しろ』と言わんばかりに。

普通に考えれば、この一文の「アナタ」とは、自分たちのどちらかを指すに違いない。

二人は呆然と口を開いた。

「つまり、この内容は……」

「……クラウスの兄貴が、俺様かエルナちゃんを愛している？」

そんな結論に辿り着く。

「――――――――――――――――ッ‼」

そして二人同時に声なき叫び声をあげるのだった。

誤解二人目、そして、三人目。

かくして『紅炉』の遺言は、いくつもの偶然を経てあらぬ誤解を生みだしていく。
これは休暇中に発生した、誤解が誤解を生んだ騒動の記録。
謎の遺言に悩むティア、そして、思わぬ真実（？）を突き付けられたアネットは、自然と今日に至るまでの日々を想起していた。

1章　case　アネット

「俺様、アルバイトをしますっ」

陽炎パレスの食堂で、アネットが堂々と宣言をする。

その宣言を聞いたのは、彼女の仲間である七人の少女たち。

時間が停止したように誰もが唖然として動かない。何を言っているのか飲み込めず、口が半開きになる。手にしているフォークを取り落とす。

――アネットがアルバイト？

頭が受け付けないワードである。

代表するようにティアが尋ねた。

「えぇと……冗談じゃなくて？」

「俺様、本気ですっ」アネットが飛び跳ねて返事をした。

「突然、どうしたの？」

「俺様、お金が欲しくなりましたっ」

「そもそもどこで働くの？」

「レストランですっ」

「先生の許可は取ったの？」

「はいっ。俺様、今日、面接を受けに行きますっ」

「あぁ、そうなの……」

ティアは頷（うなず）くことしかできない。

それから彼女は右隣りの少女の頬をつねる。つねられた少女もまた右隣りの少女の頬をつねり、またその少女も右隣りの少女の頬に手を伸ばし……とアネットを除く七人の少女が輪を成すように、仲間の頬を引っ張ったところで、ようやく夢ではないと判明した。

なるほど。どうやら現実のことらしい。

アネットがこれから飲食店でアルバイトをする——。

「「「「「「「いやいやいやいや！」」」」」」」

七人の少女が同時にツッコミを入れた。

――暗殺者『屍』を捕らえ、そしてアネットの母親騒動を解決した直後。

いくつもの修羅場を経験した『灯』は、『屍』ことローランドが吐いた情報を元に、次なる任務地をムザイア合衆国の首都・ミータリオと定めた。

任務地に潜伏するという『蛇』との決戦に向け、準備に励んでいる時期である。

『灯』のメンバーは一月近く選抜組、非選抜組と分かれていたため、少女八人が揃ったことで改めて任務のモチベーションは上がっていた。

いざ行かん。ムザイア合衆国！

いざ闘わん。『紫蟻』！

リリィが旗振り役を担い、一同は張り切っていた。

少女たちは任務地での潜伏場所を確かめ、言語を復習し、身分証を偽造していく。クラウスは緊急を要する国内の任務を達成し、国外に長期滞在する態勢を整えていた。

名付けるならば――ミータリオ決戦準備期間。

アネットのアルバイト騒動が起きたのは、そんなタイミングである。

遡ること十時間前——。

クラウスはある部屋でソファに腰をかけていた。

広さの割に、家具が少ない空間だ。荘厳な赤絨毯の上にあるのは、テーブルと二脚のソファのみ。テーブルの上には、コーヒーサーバーやコーヒーミルなどの一通りの設備と、灰皿だけ。二人の人間が向かい合って語らうために作られた空間だ。ソファから壁までには距離があり、仮に壁に盗聴器を仕込もうと会話が漏れない造り。

「相変わらずアナタが淹れるコーヒーはまずいな」

クラウスは不機嫌を隠さずに伝える。長身長髪の美しい男性。ソファの上で足を組み、やや威圧的な態度でコーヒーを啜っている。

その向かいに座るのは、ロマンスグレーの渋さを纏う男だった。

「キミは歯に衣着せないな」

Cという呼称を持つ男だ。ディン共和国の諜報機関——対外情報室の室長を務める、いわゆるスパイマスターだ。

一応、クラウスの上司に当たる。

クラウスとCは対外情報室の室長室にて、向かい合っていた。

「で？　用件はなんだ？」クラウスが口にした。

唐突に呼び出されたのだ。Ｃが直接言い渡してくる任務というのは基本、良い予感がしない。

Ｃは肩をすくめた。

「キミは少し肩の力を抜くべきだな。このところロクに休暇も取っていないんだろう？」

「どこかの上司が任務を押し付けてくれるからな」

「どうせ任務がなくても、キミは働くだろう」

「部下の教育に時間を割きたいんだ。僕はこの話を既に四十三回、伝えたはずだが」

「初耳だな」

蹴り飛ばしてもいいだろうか。

そんな衝動に駆られるが、クラウスは堪(こら)える。相手は一応、上司だ。

「とにかく朗報だ」Ｃは穏やかに笑った。「ようやくキミのお望み通りの任務を提供できそうだ」

「望み通り？」

「以前言っていただろう？　命の危険が少なく、経験が積めそうな任務が欲しいと」

「あぁ、そうだったな」

クラウスはまだ経験不足の彼女たちのために、訓練になりそうな任務を欲したのだ。以前、伝えた時は『そんな都合のいいものはない』と一蹴されたが。

「用意できたよ、感謝してくれ」

そう言い、Cは一枚のファイルを渡してきた。

クラウスは中身を確認する。確かに、それは今の部下に打ってつけの難易度だった。危険は僅かであるが、多少の緊張感もある。実戦経験に乏しい彼女たちにはちょうどいい。ミータリオに行くまでに良い訓練となるだろう。

しかし気になるのは――。

「ただのお使いみたいな任務だな」

「…………」

「感謝するも何も、雑用を押し付けているだけだろう。こんな養成学校の訓練レベルの野暮用に、わざわざ僕を呼び出して、伝える理由はなんだ?」

「…………」

Cはコーヒーカップにそっと口を付けてから告げた。

「キミに恩を売るためだが？」

コーヒーをかけてやろうかと考えたが、クラウスは寸前で我慢した。

対外情報室の本部から離れ、クラウスは『灯』の本拠地に帰着する。

人目に付かぬように建てられた荘厳な洋館だ。二階の端には彼の書斎兼寝室があり、そこで彼はネクタイを緩めた。午前には少女たちの訓練に付き合い、午後にはCに呼び出された。心地よい疲労が身体(からだ)を包んでいる。

(まぁ、良い話であったには違いない)

言い渡された任務が希望通りだったことは事実だ。

彼自身はまた翌日から危険な任務に発(た)たなくてはならない。自分が不在の間、少女たちの訓練にはちょうどいい。

(問題は任務のキーマンを誰に任せるかだな)

簡単と言えど、リスクは存在する。

最適なメンバーを選出しなくてはならない。

(せっかくなら、モチベーションが高い者にやらせたいが……)

晩御飯を作りながら考えよう、とクラウスはキッチンに向かう。

「ん？」

そこで不審な点に気が付いた。

自室に人の気配がしたのだ。誰かいるようだ。

（いや、妙だ……どうして僕が侵入者に気づけなかった？）

クラウスの自室には、侵入者の有無が分かるようにトラップが仕掛けられている。ドアに髪を挟む、絨毯には目印の埃を置く等、その数は十以上。その簡易的なセンサーに変化はなかった。

理由はすぐに察しがついた。

「全て記憶したのか。窓から部屋のあらゆる物の配置を記憶し、侵入の際作動させたトラップを全て元に戻した」

こんな芸当ができる人物は、『灯』で一人だけだ。

「――極上だ。アネット、腕をあげたな」

その時、ベッドがもぞりと動き、布団に包まった少女が飛び出してきた。

「俺様、見つかっちゃいましたっ！」

アネットである。乱雑に結ばれた灰桃髪に、大きな眼帯をつけた少女が晴れやかな笑顔を見せている。

「どうした？　アネット、訓練か？」

「はいっ。俺様、クラウスの兄貴と遊びに来ましたっ」

「そうか」

「でも、俺様、兄貴を待つ間に眠くなってきたので、もういいですっ」

「……そうか」

　思考が読めない少女である。

　行動は常に突拍子もなく、気分によって訓練にも参加したりしなかったりする。洞察力に自信があるクラウスでも、彼女の思考回路は理解が及ばない。

　一応、クラウスには懐いてくれているようなのだが――。

「ところで、兄貴っ」

　アネットがベッドの上に飛びのった。

　降りろ、と言っても聞かなそうなので「なんだ？」と問い返す。

「俺様、お小遣いが欲しいですっ」

「ん？」

「俺様、作りたい機械のパーツを買っていたら、お給料が尽きましたっ」

「……お前たちの口座にはかなりの高給が振り込まれたはずだがな」

息をつく。

スパイの成功報酬は高額だ。今度からは自分が管理するべきだろうか。

「残念ながら給料以上は渡せないな。そうだな、もし欲しければ力ずくで奪ってみろ」

「俺様、兄貴を爆殺しますっ！」

「……お前は躊躇がないな」

アネットがすかさず爆弾を取り出したので、毛布で縛り上げ、ベッドの上に転がした。

アネットは楽しそうに足をバタバタさせ「俺様、負けましたっ」と喚く。

クラウスは首の後ろを撫でた。

（さて、この問題児をどう対処すべきか……）

給料が尽きたのは可哀想だが、小遣いを渡してもあるだけ全て使うだけだろう。だが放置すれば、トラブルを引き起こしそうな危うさがある。平然と拳銃を売りに出しそうだ。

ふと閃いた。

Cから言い渡された潜入任務。

クラウスは「アネット。もし良ければ、アルバイトでもしてみるか？」と問いかけた。

かくして冒頭に至る。

食堂でアネットからアルバイト宣言を受けた少女たちは、一斉にクラウスの部屋に向かった。一体何が起きているのか説明を聞かねば、気が済まない。

「先生っ！　アネットちゃんがアルバイトってどういうことですかぁっ？」

そう叫ぶのはリリィ。少女たちのリーダーである。

彼女が先頭に立ち、チームのボスに詰め寄って理由を尋ねる。

「簡単な潜入任務だ」とクラウスが答えた。

「潜入？」

「アネットのバイト先は、二年前、帝国のスパイが麻薬の取引に用いた飲食店だ。既に終わった案件だが、健全な店に戻っているか確認する必要がある」

いわくお使いのような任務らしい。

ガルガド帝国のスパイの資金調達の拠点となっていた店であり、そこのオーナーが関わっていた。既に足を洗ったそうだが、一応、確認する必要がある。

「二週間程度、アネットにはアルバイトをしてもらう。バイト代は自分の小遣いにしていい、と告げたら張り切りだしてな」

「じ、事情は分かりましたが、大丈夫ですかねぇ？」

リリィは不安げに眉をひそめた。

「バイトどころか、アネットちゃんは家事一つまともにできないんですが……」

彼女に同調するように、他の仲間も口々に主張する。

「この前、窓拭きをさせたら、窓枠ごとぶっ飛ばしたな」

「……野菜の買い物を頼んだら、大量の種を撒き始める方ですね」

「洗濯をさせたら、なぜか大量のスパンコールをつけられたの」

「ボクの服なんかナース服に改造されてた」

「あら、私は修道服だったわね」

少女たちは数々の奇行の情報を挙げていく。アネットの変人エピソードは枚挙にいとまがない。養成学校を即刻退学にならなかったのが不思議なくらい自由奔放である。養成学校の落ちこぼれ集団である『灯』でも、更に異彩を放つ存在だ。

――『灯』最大の問題児。

それがアネットだ。

少女たちは顔を寄せ合い「料理に爆薬を仕込むのでは？」「厨房を武器庫に改造しそう」「そもそも面接に受からないでしょ」と予想を発表しながら、不安を共有する。

クラウスは息をついた。

「さすがにお前たちが心配する事態にはならないと思うが……」

口元に手を当て、しばし思考する。

「……そうだな、最低二人ほど見張りが必要だろう」

「「「「「「「え？」」」」」」」

「ちなみに、僕は別任務があるから参加できない」

クラウスは手近な紙を七枚に引き裂き、その二つに万年筆で○を書き込み、少女たちに差し出した。

「アネットと共に働く者は、くじ引きで決めよう」

その場にいる少女全員が息を呑む。

地獄行きの特急切符だった。

神よ、と祈りながら、胸の前で十字を切る。ブツブツとありったけの信仰心を口にして、少女たちは震える指先でくじを引いていった。

かくして見張り役に選ばれたのは――。

「いやあああああああああっ！」

引いた瞬間、崩れ落ちるリリィと、

「のおおおおおおおおおおおっ？」

こういった運事にはめっぽう弱い、エルナだった。


かくしてアネット、リリィ、エルナの三人でアルバイト兼潜入任務が始まった。

五日後──。

陽炎パレスに悪夢が訪れていた。

広間では二人の少女が青ざめている。

「な、なぁ、一体なにが起きているんだ……？」

一人は、凜然とした鋭い目つきが特徴の白髪の少女──ジビアだった。彼女は己の肩を抱きながら、震えている。

「知らないわよ……私は、もう何も知らない」

もう一方はティアである。彼女は涙目で椅子の上で膝を抱えている。

彼女たちが恐れているのは、もちろんアネットのアルバイトについて。

アネットを含めた三人は無事、面接に合格し、即日働き始めることができた。ウェイトレスとして、見事、職場に潜り込めたようである。

そして——四人が精神を壊した。

まずおかしくなったのは、アネットの見張り役であるリリィとエルナ。

二人はバイト先から帰ってくるなり、

「あぽぉぉぉぉぉぉ……」

「のぉぉぉぉぉぉぉ……」

と魂が抜け落ちたような声を発して、ベッドに横たわる。

そして、翌日にはまた、どこを見ているのかも分からない顔で、

「あぽぁぁぁぁぁぁ……」

「のぉぉぉぉぉぉぉ……」

とふらふらした足取りでバイト先に出かける。

ホラー小説の光景だった。

隣ではアネットが元気な笑顔で「俺様、バイトに行ってきますっ」と手を振るので、より不気味である。

バイト先で何かが起きている！

しかも相当にヤバイことが！

ジビアとティアは青ざめた。

好奇心よりも恐怖心が遥かに上回っていた。絶対にバイト先に近づかないと心に決めた。自分の命が最優先。

決して他の仲間も行かせまい、と彼女たちは誓ったが――。

「さて、ボクはアネットのバイト先でも冷やかしてくるよ」

「……そうですね、わたくしも」

――任務開始から三日後、動き出す仲間が現れてしまった。

モニカと、四肢が細くガラス細工のような儚さを纏う赤髪の少女――グレーテである。

彼女たちは勇敢にもレストランに向かうらしい。

当然、ジビアは引き留めた。

「や、やめとけよっ。心が『あぽぉぉぉぉ』になるぞ！」

モニカは相手にせず、得意げに笑う。

「面白そうじゃん。アネットに滅茶苦茶にされる飲食店なんて、三日三晩笑えるね」

グレーテもまた頷いた。

「……簡単と言えど、ボスに任せられた任務です。手は抜けません」

制止の言葉も届かず、彼女たちは出かけていく。

一応、そこには一縷の希望もあった。

モニカは少女たちの中で、もっとも優れた実力を持つ。どんな状況でも対応できる抜群の安定力がある。

グレーテはチーム一の頭脳だ。またクラウスに強い恋心を抱き、彼のためならば人一倍の忍耐力を発揮する。

二人ならば情報を持ち帰ってくれるはず！

僅かな期待はあったのだ。

「かぁぁぁぁぁぁ……」

「ほぉぉぉぉぉぉ……」

結果は案の定。

二人の少女は魂が抜け落ちた顔をして、帰宅。そのまま自室のベッドで倒れ、起き上がることはなかった。

リリィ、エルナ、モニカ、グレーテが次々とメンタル崩壊。命懸けの任務も乗り越えた少女たちが一発でノックアウトされたのだ。

——かくしてジビアとティアは未知の恐怖に怯(おび)えていた。

「一体何が起きているのよっ！」

耐えきれずティアが悲鳴をあげた。

「バイト先は普通のレストランなのよねっ？　黒魔術の集会じゃなくて！」

「……分からねぇよ。全てが謎だ」ジビアは首を横に振る。「ただ、原因はアネットしかねぇよなぁ」

「店で暴れているのかしら？」

「なら、クビになってなきゃ変だろ」

「そうよね。アネットは今日も元気よく出かけていったし……」

最大の謎は、この状況でも三人のバイトが継続していることだ。

店長の弱味でも握っているとしか思えない。アネットなら、やりかねない。

「……この目で確認するしかねぇか」

「私は嫌よ！　深淵(しんえん)を覗(のぞ)き込んじゃダメっ！　引きずり込まれるわ！」

「け、けどよぉ、そうは言っても、見に行くしかねぇだろ」

「私は『あぽぉぉぉぉぉ』になりたくないわっ。『ほぉぉぉぉぉ』にも！　『とぽぉぉぉぉぉ』にも！」

「『とぽぉぉぉぉぉ』になった奴は一人もいねぇよ」

ジビアの提案に、ティアが駄々をこねる。

だが、このまま怯えていても始まらない。

一応は任務だ。彼女たちが職務を全うしない訳にはいかない。バイトとして潜入した三人以外にも動く必要がある。

二人は覚悟を決めて、港付近のレストランに向かった。道中、四回ほど帰りたくなる衝動を堪える局面があった。結果、柄にもなく二人は手を繋ぐ。普段ならば絶対にしない行為である。緊張のためという理由が半分、相手を逃がさないためという理由がもう半分。

「こ、この角を曲がった先だよな？」

「……ええ。一分、心の準備を済ませたら向かいましょう」

「あぁ。ただ、時間は二分に変更してくれ」

「そうね。私も三分がいいと思ったところよ」

その後、彼女たちは二十分かけて覚悟を決め、一歩踏み出した。互いの手を握りしめ、レストランに視線を注ぐ。

開放的な造りの庶民的な店だった。店内席と店外席の間には柱しかなく、一目で店全体を見渡せる。木製の丸テーブルがいくつも並び、その間をウェイトレスが忙しなく行き来している。港に近いせいか、ガタイのいい男性客で賑わっている。かなりボリュームのあるメニューが提供されている。

——天使がいた。


「ご注文はお決まりですかっ？」

真っ先に目が留まるのは、灰桃髪のウェイトレス。

とても可愛らしい純真な笑みを浮かべ、接客に臨んでいる。彼女に対応される客は例外なく穏やかな笑みを溢してしまうほどだった。

「コックさん、二番様に、ひよこ豆のサラダ胡椒ぬき、ガーリックトースト、牛ロースのパスタのビッグサイズで、セットのコーヒーは食後ですっ。それから四番様が注文したトマトスープ、二十二番様が注文したチーズケーキが滞っています」

長い注文も一発で記憶する。

どの客が何を注文し、待ち時間も全て記憶しているようだ。

また他にも——、

「店長さん、流れが悪かった水道、修理しておきましたっ」

客が少ない時は裏方に回り——、

「先輩、トイレの落書き、特製放水器で消しときましたっ」

時には自身の発明品で活躍して——、

「あ、お兄さん、今日もありがとうございます。一昨日(おととい)ぶりですね。いつものメニューで大丈夫ですかっ？」

一度訪れた客の顔は全て記憶していた。

「「…………………」」

超完璧アルバイター・アネットがそこにいた。

客は娘を見るような視線をアネットに送り去っていく。こっそりチップを渡す者も多い。お小遣いをやる感覚なのだろう。会計を済ませた客がにこやかに去り、ジビアたちの横を通り過ぎる。「あの子が来てから、店が五割増しくらい混み始めたなぁ」と言いながら。

——現実が歪(ゆが)んでいる。

そう二人は捉えた。

これ以上の正視は脳が壊れかねない。

二人は全力ダッシュで帰宅し「『保護者あああぁぁあっ！』」と叫び、ある人物を訪ねた。

「ひっ？　ど、どうしたんすかっ？」

小動物のような気弱な瞳を見せる茶髪の少女――『草原』のサラである。

アネットの扱いと言えば、彼女に尋ねるのが一番だ。

サラは陽炎パレスの脇にある動物小屋で、ペットにエサをやっていた。ここ数日は小屋の改築を進めており、任務には関わっていなかった。

「な、なにかあったんすか？　突然っ？」と目を丸くするサラ。

ジビアは端的に伝えた。

「既に四人が『あぽぉぉぉぉぉ』になった」

「どういう状態っすか⁉」

「危なかったぜ。あたしらも『あぽぉぉぉぉぉぉ』になりかけた」

「謎の感染力！」

サラが丁寧な説明を欲したので、ジビアたちは見たばかりの光景を述べた。

——アネットがまともに受け答えして、バイト先で大活躍している。異常事態だ。

一気に語ると、サラは「あぁ、なるほど」と頷いた。

「アネット先輩なら、それくらいできるっすよ」

「え、どういうことだ？」

ジビアは首をひねる。

サラは「うーん」と軽く唸った。

「……そうっすね。説明が難しいですけど、本人のやる気の問題っすよ」

「やる気？」

「はい、元々ポテンシャルは凄く高い子なんです。記憶力は良いですし、手先は器用で機械にも強いっすから。普段はその能力を発揮しないだけで」

つまり、次のようになるらしい。

——アネットは本来、かなり能力が高い。頭もよく順応性もある。しかし、心持ちに問題があり、スパイに対するモチベーションがない。人並みの生活を維持する欲求もない。だから、彼女の能力は基本眠ったままで、自身の興味がある物事のみに発揮される。バイトするという事実にはサラも驚きこそしたが、問題なく働けるだろうとは予想していた。

ティアとジビアが頭を押さえた。

「要は、宝の持ち腐れ、ね……」

「そして、その能力を発揮するのがバイトって……」

二人の呆れが届かないのか、サラはニコニコしている。

「だから上手に頼むと、しっかり家事もやってくれるっすよ？　身長がコンプレックスなので、乳製品をご褒美にすると喜んでくれるっす」

「あぁ、そういえば、身長が伸びないことが悩みだったわね……」

「可愛いっすよねぇ。自分も後でレストランに行くっすよ」

サラは楽しそうに語る。

「……多分お前だけだぞ、その感性」

ジビアがため息と共にツッコミを入れる。

「……？」とサラは不思議そうにする。

調教のスペシャリスト、サラ――彼女の能力は自己評価よりずっと高い。

その夜、ジビアとティアはサラを引き連れて、改めてレストランに顔を出した。

エビのフリットをつまみながら、忙しそうな従業員を眺める。

何度見てもアネットは素晴らしいウェイトレスだった。客から告げられる注文を一言一句漏らさず記憶し、厨房に伝えている。厨房の料理人は注文状況をアネットに確認していた。彼女は既にこの店の主戦力のようだ。

また客からの人気もある。アネットのファンも多くいるようだ。話しかけられて、無邪気な笑顔を振りまいている。あぁいう存在を『看板娘』と呼ぶのだろう。

やはり現実の光景とは思えないが、サラの解説を受けて、ジビアたちもようやく平静を保つことができた。

「なんつぅか、意外だな。アネットにこんな一面があったなんて」

デザートのチーズケーキを食べながら、ジビアが呟く。

ラズベリージュースを飲むティアが頷いた。

「えぇ、自分の見識の浅さを思い知らされたわ」

「誤解していたんだろうな、あたしら、アネットのこと」

「そうね」

ちょうどそこでアネットが「伝票ですっ」と持ってきた。知り合いという素振りも一切見せない。潜入中のスパイとしても完璧だ。

ジビアたちは、離れていくアネットの背中を見送る。

もはや称賛しか出てこない。

その時、アネットを男性客が呼び止めた。赤フレームの眼鏡の男が「そこのキミ」と声をかける。一人でつまらなそうにラム酒を飲んでいる。キザったらしい態度だ。

「はいっ、なんですかっ？」アネットは笑顔のままターンをした。

男性客は唐突に、アネットの顔にラム酒をぶっかけた。

なっ、とジビアは目を丸くする。

「グラスが汚れています」男性客は不機嫌そうにグラスを見せつける。「すぐに取り換えてください」

「…………」

アネットは髪からラム酒を滴らせて、呆然としている。

「あの眼鏡野郎っ！」ジビアが立ち上がった。「だからって中身をかけることねぇだろ」

男性客に食って掛かりに向かうジビアの腕を、ティアが摑んだ。

「待ちなさい、ジビア。アネットを信じましょう」

「っ、けどよぉ……」

二人の前方では、アネットと男性客が見つめ合い、一触即発の空気が流れていた。

「…………」

「…………」

場に緊張が満ちる。男性客は威圧的にアネットを凝視し、アネットは笑顔のまま、固まっていた。

先に視線を外したのは、アネットだ。

「――すぐ取り換えてきますっ。申し訳ございませんでしたっ」

ペコリと頭を下げて、アネットは店の奥に向かった。

男性客は鼻を鳴らし、木で鼻をくくるような態度で椅子に座り直した。他の客から睨(にら)みつけられ、あの子をイジメんなよ、と舌打ちされている。

とにかくトラブルは収まったようだ。

「クレーマーの対処もできるって訳か」ジビアはホッと息をついた。

「仕方ないわよ、客商売だもの。どんな素晴らしい接客でもトラブルは起こるわ」

「それでも真面目に働くから偉いよな。あたしなら殴り返してた」

アネットはすぐホールに戻ってきた。クレームを告げた男性客に、健気(けなげ)にラム酒を持っていく。

「けど、なんでお金が欲しいんだろうな？」ふとジビアが口にした。「なぁ、サラ。お前は何か聞いていないか？」

「じ、自分っすか？」

パフェを頬張っていたサラが、ハッとした顔になる。

「そ、そういえば以前聞かれたっす……アネット先輩から『クラウスの兄貴が嬉しがるプレゼントって何ですか』って」

「え、あの男にプレゼントを買うために働いてんのか？」

思わぬ理由に、少女は改めてアネットを見つめた。

「あそこまで頑張るのはアイツのためだったのか……」

「意外ね。また知らない一面だわ」

働き回るアネットの額には、汗が滲んでいる。勤労の美しい証拠である。

「……っつぅか、見張り役の方が全然働けてないよな」

対照的に、アネットのそばにつけた二人の少女は酷い有様だった。

「こらあぁ！　そこの銀髪っ！　また注文を聞き間違えているぞ！」

客から文句が飛び、リリィが「ひいぃ！　すみませんっ」と涙目になっている。

「店長っ！　またあの金髪の子が転んでますっ！」

厨房からは悲鳴が上がり、エルナが「不幸……」と嘆きながら倒れていた。

ドジのリリィと不幸体質のエルナ。

ウェイトレスとしては使い物にならないコンビだった。

一方で任務も進行していた。

「本題を完全に忘れてたわ」と呟くジビア。

そう、アルバイトはあくまで潜入任務の一環であり、本来の目的は店の素性調査である。

全メンバーが忘れていた案件が思い出され、調査が始まった。

昼間は、従業員チームと常連客チームに分かれ、目を光らせる。夜には広間に集まり、各々(おのおの)が不審な点を発表する。

夜の報告会では、まずエルナが手を挙げた。

「怪しい点と言えば、最近、エルナの身体(からだ)が動きにくいの。今日もたくさん転んだの」

少女全員がスルー。

彼女が不幸に見舞われているのは、珍しいことではない。

「怪しい点ですかぁ」次にリリィが発表する。「そういえば、またトイレに大量に落書きをされました。せっかくアネットちゃんが消してくれたのに」

これは気になる点だった。

当の落書きは、アネットが「俺様っ、全部覚えていますっ」と口にし、全て書き出してくれた。似たような言葉が並んでいる。『固くなる塔』『ぶら下がりし勇者』『俺の長距離ミサイル砲』『膨らむオモチャ』

リリィが首を傾げた。

「むむっ、謎が多いワードですねぇ」

ノートを見つめながら、腕を組む。

「固くなる塔……ぶらさがりし勇者……何かの宗教のシンボルですかね？　俺の長距離ミサイル砲や膨らむオモチャに関しては極秘裏に開発された兵器とか――」

「全部、男性器のことね。ただのスラングよ」とティア。

「わたし、今喋っちゃったんですけどぉっ？」

顔を真っ赤にするリリィ。

男性の港湾労働者が多く集まる店だ。風俗や下ネタの話題がよく飛び交っている。そういった店に落書きがあるのは不思議でないが――。

消した直後にまた大量に書かれているというのは、奇妙だった。

「もしかして何かの符号じゃない？」

　ティアが指摘した。

　先に動き始めたのは、常連客チーム。

　ティア、ジビア、サラの三人は頻繁にレストランに通い、暗号が書き込まれるタイミングを調べる。客としてパスタを食べながら、他の客の会話に耳を澄ませていた。

　キャスケット帽にこっそり仔犬を忍ばせたサラがまず成果を示す。

「これがトイレの水洗タンクの中にあったっす」

　仔犬の嗅覚を使って見つけてきたのは乾燥大麻が入った紙袋だった。共和国では非合法の麻薬である。トイレが怪しいとの読みは正解だった。

「元あった場所に紙袋を戻してきて」ティアが指示を送る。「袋に発信機を忍ばせてね」

　サラは頷き、紙袋を再び置いた。

　一時間後、ティアの無線に連絡が入る。

《紙袋を持ち出した奴を見つけたよ。捕まえて尋問した》

　モニカからの報告だった。

《やっぱりトイレが麻薬の取引場所のようだ。いわく、週末には仕入れた量と金額が扉に記されているんだって。客は欲しい量を書き、金を置く。「固くなる塔」が一袋、「ぶら下がりし勇者」が二袋……っていう意味。すると、その後誰かが水洗タンクに大麻を置いてくれる》

「見事よ。素顔は見られていない？」

《当然。こっちには変装の達人もいるしね》

グレーテのことだろう。二人で協力して、尋問してくれたようだ。

「ねぇ疑問なんだけど、アナタたちは店に来られな――」

《脳が壊れるから無理》

無線が切れる。よほどの恐怖が刻み込まれたらしい。

とにかく十分な情報を得た。

怪しむべきは、頻繁にトイレを使用する人間だ。それを捜していけば、麻薬の売人が見つかるはず。

「こ、この後はどうやって調べるんすか？」サラが首を傾げる。「ここからは中々――」

「怪しい客は二人よ、ジビア」ティアが告げる。「テラス側の男性客は私が探る。壁際（かべぎわ）の男性客はアナタに任せる」

「了解」ジビアが不敵な笑みをみせる。

　彼女たちは同時に席を離れる。唇が微かに動いた。

「コードネーム『百鬼』――攫い叩く時間にしてやんよ」

「コードネーム『夢語』――惹き壊す時間よ」

　流れるようなスムーズさで、彼女たちは店内を進み、一分も経たずに、元の席に戻ってきた。

「ハズレ」ジビアが肩をすくめる。「カバンを掏ったけど、中には何もなかった。売人じゃない」

「こっちもハズレよ」ティアが髪の先を弄る。「もたれかかって、心を読んでみたけどね。悪い願望は見えなかったわ」

　瞬く間に捜査を終える少女に、サラが呆然と「す、すごいっすね……」と声をかける。

　かくして客の中に売人がいないと判明した。トイレに大麻を置いたと思しき容疑者は、別にいる。

　ジビアは厨房を睨みつけた。

「マークすべきは従業員だな」

◇◇◇

次に動き始めるのは、従業員チーム。

その時、リリィはカクテルを作っていた。なにかを混ぜ合わせる作業は案外、得意だったりする。

隣で皿を磨いていたエルナが叫ぶ。

「ネズミなのっ！」

彼女たちの足元を一匹のネズミが走っていた。珍しい出来事ではなかったが、すぐにリリィがその異質さに気が付いた。

よっと、とリリィが捕まえて、すぐに放す。ネズミは窓へ逃げて行った。

サラのペットだ。身体には手紙が取り付けられていた。

リリィは届けられた暗号文に目を通す。常連客チームが調べた内容が記されている。ここからは自分たちの仕事のようだ。

「店長、ごめんなさい」リリィが言った。「わたしたち、そろそろ休憩をとってもいいですか？」

「ダメ」中年の女性店長に睨みつけられる。

「へ……?」

「アナタたちはまず！　仕事を覚えてからでしょうっ！」

「ええええぇぇっ！」

「当然よ！　アナタたち二人だけで、どれくらい皿を割ったと思ってるのっ?」

リリィは困惑するが、店長の吊り上がった眉を見ると、ワガママは言えそうにない。

すると、アネットがちょうどホールから戻ってきた。

「店長さんっ、お客さんが減ったので、倉庫の在庫確認をしてきますねっ！」

途端に女性店長の顔がデレッと崩れた。

「あら、気が利くわね。そこの二人も連れていきなさい」

「はいっ、行ってきますっ」

「こ、好感度の差が凄まじい……」

すっかり従業員チームの中心となっているアネットに連れられ、少女たちは裏手の倉庫に向かった。小さな家ほどの広さがある建物で、毎朝業者から届く食品を入れたり、予備の調理器具がしまわれていたりする。

従業員たちの私物を置く場所でもあった。

「さぁ、こっそり皆さんの荷物を漁りましょう。きっと落書きに使われている油性ペンが見つかるはずです」

「の！」

リリィが呼びかけ、エルナとカバンを漁っていく。

アネットはキョトンと首を傾げた。

「え？　俺様は本当に在庫確認をしにきただけなんですが？」

「今回のアネットちゃんは真面目ですねぇ！」

本業と副業がごっちゃになっているアネットにツッコミを入れた直後、不自然なロッカーを見つけた。底が僅かに浮いている。見るからに怪しい。探ってみると、そこには乾燥大麻がぎっしりと詰め込まれている。

「ありました！」

と歓声をあげ、そのロッカーの持ち主の名前を確かめる。彼が売人で間違いない。

すると——倉庫の入り口からエルナの悲鳴が響いた。

「のっ？」

リリィがハッとして振り向くと、そこには青ざめた顔の青年が立っていた。

「キ、キミたちは、み、見つけ出してしまったんだね……？」

リリィたちも世話になっている男性の先輩だった。いつもは柔和な表情を浮かべ、厨房で働く料理人。そして大麻が入っていたロッカーの持ち主でもある。

彼の手には、肉切り包丁が握られている。

「も、もうお終いだ……キミたちは、その大麻を警察に、つ、通報するんだろう？　ぼ、僕が麻薬をう、売っていることを……」

声は情けないほどに震えている。

「こ、こ、殺さなきゃ……ごめんよぉ、痛くないように、殺すからぁ……」

自暴自棄になっている。

涙を流しながら、リリィたちに刃物を向けている。今にも突っ込んできそうだ。

「あ、安心してくださいっ」

リリィが説得を試みた。

「わたしたちを殺せば、それこそ罪が重くなりますよ！　自首すれば執行猶予がつくかもしれません」

「う、嘘をつくなぁ。い、い、命が惜しいからって、騙されないぞ……」

「嘘じゃないですって。話を聞いてくださいよ」

「くうううぅ……こ、こ、殺す……僕がこ、こ、殺すんだぁ……」

相手は話を聞きそうにない。

リリィは唇を噛んだ。

（困りましたね。今は武器が少ないんですよ……）

一般人相手に後れを取るとは思わない。養成学校の落ちこぼれと言えど、これでも訓練は積んでいる。闘っても負けないはずだが――。

（こういう錯乱している人は、動きが読めないというか……）

思わぬ怪我はありえそうだ。

バイト中だったリリィは、銃やナイフを所持していない。あるのは護身用の毒針のみ。この一本でエルナやアネットを守りながら闘う必要がある。

さて、どうするか。

結末は予想外のタイミングで訪れた。

後ずさりをしたエルナが、何かを踏みつけたようだ。「のっ」と悲鳴をあげ、バランスを崩し、近くの棚にぶつかる。その衝撃で――棚の上に積まれた食材が詰まった木箱が落下した。

「なっ?」

唖然とするエルナと青年の上に、木箱と大量の玉ねぎが降り注ぐ。他の木箱も連動するように崩れていき、次々と彼らの身体に落下していった。

全ての木箱が崩れ、倉庫は一旦、静寂に包まれる。

「………っ」

リリィはその光景に唖然とする。

アネットが、おぉ、と目を輝かせた。

「もしかしてエルナちゃん、死にましたかっ？」

「死んでないの！」

野菜の中から、エルナが顔を出した。

「やっぱり最近、身体が動きにくいの」と情けない声を上げた直後、玉ねぎが頭に一個落下し「……不幸」と力尽きる。

隣では、青年も倒れ伏していた。しっかり巻き込まれたようだ。

リリィがさっと包丁を奪い取る。これでもう少女たちは殺せない。

「く、くうううううぅぅぅぅぅ」

凶器を奪われた青年は、悔しそうに嘆いた。全てを諦めてしまったように、その場にうずくまり泣き始める。

「お金が欲しかったんだ……」彼は辛そうに呟いた。「お母さんの手術代が払えなかったんだぁ……そんな時、大麻の仲介人になればいいって持ち掛けられて、つい逆らえなくて、この店で働き始めてぇ……」

リリィはすぐに真相を察した。

敵国のスパイに狙われたのだ。スパイの活動資金を稼ぐために、困窮した彼を利用したのだ。

「ちなみに、その人物は分かりませんか？」

「わ、分からないよ。電話と手紙でやり取りしているだけなんだ……」

リリィの問いかけに、青年は首を横に振る。

彼は切り捨てられる駒なのだ。「もうお終いだぁ」と嘆いている。

「…………」

リリィは彼が純朴な青年であると知っている。ミスを繰り返すリリィたちに、美味しい賄いを振る舞ってくれたのも彼だ。閉店後、母との思い出を語ってくれたこともあった。

「でも、ダメなものはダメですよ」

そう声をかけるしかない。

心苦しいが、彼は犯罪に手を染めた。警察に引き渡すしかない。微罪処分で済むはずではあるが、彼の人生に影響を与えるだろう。

アネットはそんな彼に静かな視線を送っていた。

「……俺様、勉強になりましたっ」

「ん？　何がです？」

「お金を稼ぐのは大変なんですねっ」

そう呟き、彼女は店に戻っていった。

◇◇◇

結局青年は警察に引き渡され、その日、店は臨時休業となった。店で蔓延(まんえん)していた麻薬売買の証拠を摑(つか)んだアネットたちは、店長に大いに褒められた。

ファインプレーはエルナの不幸だ。彼女のおかげで怪我なく敵を捕らえられたばかりか、他の店員にリリィたちの素性を不審がられることもなかった。リリィの毒針やアネットの爆弾では、どうしても不自然さが残ってしまう。

その夜、少女たちは広間に集まり、最後の報告会を済ませた。

「つまり、こういうことね――」

ティアが手を叩(たた)き、まとめる。

「――若干の後味の悪さは残るけど、調査は完遂。ミッションコンプリートよ！」

おぉ、と少女たちが声をあげる。

任務は見事に達成した。

レストランに蔓延る麻薬売買の事実を突き止め、その犯人も捕まえてみせた。少女たちの役目は終わりである。

「けどよぉ」とジビアが腕を組む。「結局、敵国のスパイは突き止められなかったな。ちょっと納得できねぇ」

モニカもまた同意する。

「スッキリしないかな。人の弱みに付け込んで、本人は一切姿を見せずコソコソしている。反吐が出るね」

少女たちは、今回の黒幕について議論する。この人物は純朴な青年を利用し、街に麻薬を広め、金を稼いだ。その金は帝国のスパイの活動資金に使われるのだろう。

到底許せるものではないが――。

「気持ちは分かるけど深追いは禁物よ」

ティアが声をかける。

「それはもう別チームの仕事。きっと専門のチームが駆けつけるわ。同胞を信じましょうよ。私たちの仕事は全うしたわ」

「……ま、それもそっか」

ジビアが納得するように笑った。

隣でリリィが誇らしげに胸を張る。

「いやぁ、楽勝でしたね！　普段は可憐なウェイトレス。裏の顔は、麻薬を取り締まるスペシャルエージェント！　共和国の至宝・リリィちゃんです」

「いつにも増して調子に乗ってんな」

ジビアの声に、エルナも「なの」と続いた。

「今回の立役者は悔しいけどアイツなの」

その言葉に、少女たちの視線が一人に集まった。

「もしかして、俺様ですかっ？」

バイト先で余ったケーキを頬張るアネットが、惚けたように首を傾げる。

間違いなく、今回の任務のＭＶＰである。

一部の少女のメンタルを壊したことを除けば、彼女は八面六臂の活躍をした。彼女がいなければ、今回の成功は有り得なかった。

「ごめんなさい。アナタのこと、誤解していたわ」

ティアが微笑んだ。

「私たちが嫉妬しちゃうくらいの実力があったのね。素晴らしいスパイよ」

アネットがキョトンと目を見開く。

そんな彼女をメンバーの誰もが微笑ましい心地で見ていた。

――かくして任務は、アネットの奮闘により成功に終わる。

その夜、少女たちは暗号文の報告書をまとめると、対外情報室の本部に送付した。祝勝会として少し豪華な晩御飯を食べ、穏やかな気持ちで床に就く。

達成感に包まれ、その夜、少女たちはぐっすりと眠った。

だから、一人の少女がそっと屋敷を抜け出したことに気づかない。

〝彼女〟のもう一つの顔を知らない。

〝彼女〟は鼻歌を歌っていた。

楽しそうにスキップをしている。まるでクリスマスを心待ちにする幼子のようだ。世の中の全ての苦痛を知らぬような笑顔で夜道を行く。

実際〝彼女〟はご機嫌だった。目的通りにアルバイトをこなした。もうすぐお給料も入ってくる。スパイの任務に関しても、よく分からないが達成したらしい。そして、仲間は自分を褒めてくれた。

心はプラスの感情で満たされている。

足取りは軽い。

——これから行うことに、何一つの気負いもなかった。

深夜二時。

街は眠りについている。〝彼女〟が進むのは、住宅が並ぶ静かな路地だ。人の気配はなく、一本の街灯だけが薄暗い光を放っている。

その街灯の手前で〝彼女〟は立ち止まった。

ぴたりと気を付けの姿勢を取り、固まる。

街灯が点滅する。

カチ、カチ、カチと白い光が瞬き、光る度に〝彼女〟の顔を照らし出した。

〝彼女〟は笑みを浮かべていた。

直立不動で〝彼女〟は待機し、しばしの時間が流れる。

通りの向こうから一人の男性が歩いてきた。

スーツ姿の男性だ。赤いフレームの眼鏡をかけた、どこか軽薄な雰囲気を纏う男だ。飲酒をしているのか、うっすら顔が赤い。

「ん、この街灯、切れかかっています。行政の怠慢ですね」

彼は不満げに呟き、通りを進む。

「やっぱりロクな国じゃないですね、ここは…………ん？」

そこで男は立ち止まる。

立ち尽くす〝彼女〟を見て、一瞬顔を引きつらせる。が、すぐに表情を平静に戻し、舌打ちをした。

「っ、なんですか。誰かと思えば、あの店のウェイトレスさんじゃありませんか。幽霊かと思いましたよ。なんです？　こんな深夜に」

「…………」

「もしかしてラム酒をかけたことへの逆恨みですか？　男でも連れてきました？」

「…………」

「ま、誰を連れてこようと俺に敵うとは思いませんがね」

「…………」

「おい。何か言ったらどうです？」

男の呼びかけにも〝彼女〟は何も語らなかった。

〝彼女〟はスカートを小さく持ち上げ揺すった。折り畳み傘が足元に落ちる。それを拾い、彼女はバッと開いた。

「その傘で俺を殴る気ですか？」

「…………」

〝彼女〟は傘をさしたまま動かない。

依然として、街灯は点滅を繰り返す。カチ、カチ、カチと規則正しく、男の頭上で。

「かかってくるなら、いつでもどうぞ？　一瞬で返り討ちにしますよ」

「…………」

街灯はカチ、カチ、と点滅を繰り返す。

「そうですね、幸い誰もいません。俺も腹が立っているので、性欲処理にでも使わせてもらいましょうか」

「…………」

街灯はカチカチ、と点滅を繰り返す。

「なに、個人の事情ですよ。アナタが落書きを消さなければ、俺も怒りませんでした。アレは俺のお金稼ぎに必要だったのでね」

「…………」

街灯はカチカチカチカチカチカチカチカチカチカチ、と細かく点滅を始める。

「俺の気分を害した報いですよ。さて、その服を剝いてあげますか。こう見えて、俺はアナタみたいな体型も好みで――」

――街灯が爆発する。

電球が破裂した。

ガラスがまるでシャワーのように男に降り注いだ。服を破き、肌に深く刺さり、男を切り裂いていく。ガラスの霰の後に訪れる爆風が、男の肌を焼いていく。

一方〝彼女〟は傘に守られ、無傷だった。

特殊な素材なのか、傘はガラスを弾いている。

「っ……このガキ……」

全身から血を流し、男もようやく悟ったようだ。

目の前にいる〝彼女〟の正体を――。

「同業者でしたかっ！　くそ、目さえ開けられれば――」

ガラスは男の眼球に入っていた。視界が利かない中、彼は懐から取り出した拳銃を構えるが、当然狙いなどつけられない。放った銃弾は見当違いの方向に飛んでいく。

「っ……どうして？」

男は舌打ちをする。

「えぇ、理屈は分かりますよ！　アナタとの接点はあの店しかない。アナタは俺に発信機を取りつけ、俺の行動から、俺がスパイだと確信した！　だが、分かりませんっ。俺に不審な点はなかった！　そんなヘマはしません！」

暗闇の恐怖の中、男は喚く。

「アナタはどうして俺に発信機をつけようと思ったんですかっ？」

〝彼女〟はようやく口をあけた。

「俺様は――」

「ん？」

「――ムカついたから、発信機をつけただけです」

男は息を呑む。

「は？」

そして、膝から力が抜けるように、その場にへたり込んだ。

「アナタは……酒をかけられ腹が立ったというだけで、発信機をつけたんですか？　たまたま俺がスパイだっただけ、とでも？」

「…………」

「じゃあ、アナタは迷惑な客がいる度に発信機をとりつけ、いつでも殺せる準備を整えていたんですか？」

「…………」

「間違っている……アナタは！　人として何もかもが間違っているっ！」

〝彼女〟はスカートを揺すり、別の道具を地面に落とした。男には見えないが、それはスタンガンだった。改造により何倍も威力が高められている。

「どこですっ？　どこにいるんですかっ？」

怯える男の背後に、〝彼女〟はそっと移動する。

完全に気配を消し、男の首筋にスタンガンを近づける。殺気はなかった。あるはずがない。人の生き死にに関心がない少女に、殺気などあるものか。

男は『死』の予感に泣き始める。

スタンガンが男の首筋に触れ——。


「もういい」


——突如現れたクラウスが〝彼女〟の腕を摑んだ。

〝彼女〟の手からスタンガンが落ちた。男は恐怖だけで気を失った。

クラウスは息をついた。

「……やれやれだな。見張り役は何をしているんだ？」

「…………」

〝彼女〟は無言だった。

クラウスは穏やかな視線を向けた。

「……一応尋ねるが、動機はバイト先を守るためか？」

「はいっ、コイツのせいで今日は臨時休業になりましたっ」

明るく〝彼女〟は返事をする。

クラウスは何を言おうか、しばらく考え続けていたが、やがてため息と共に口にした。

「伝えておくが、迷惑な客の排除はウェイトレスの仕事じゃないからな？」

〝彼女〟は目を丸くさせた。

「俺様、知らなかったですっ」

それが本心か嘘なのかは、クラウスにも分からなかった。

一週間後、陽炎パレス広間にて――。

そこには、ほくほく顔で封筒を手にするリリィの姿があった。

「バイト代が入りましたぁ！　いぇい、頑張ったかいがありましたっ」

スパイの成功報酬に比べれば格安ではあるが、ウェイトレスのバイト代は別の感慨深さがあるようだ。微妙に色がついていたのは退職金と合わせてだろう。

リリィの隣では、エルナが「のっ！」と大声をあげていた。

「エルナ、ようやく分かったの！」

ジビアが「突然どうした？」と尋ねると、彼女は嬉しそうに「最近よく転ぶ原因が判明したの！」

「ん？　確かにバイト中もよく転んでいたが……」

「身長が伸びていたの！　だから、服がパッパツで動きにくかったの」

エルナが成長をアピールするように背伸びをした。言われてみれば、背が伸びている。

それに気づかず、一サイズ小さい服を着てしまい、うまく動けなかったようだ。

「とうとうエルナにも成長期がきたの」とガッツポーズをするエルナ。

他の少女たちも「おめでとうっ」と拍手を送る。小さい彼女を可愛がっていた分寂しさがあるが、本人が喜んでいる以上、祝福すべきだろう。

めでたいお祝いムードが、広間に満たされた。

しかし直後。


――キュイイイイイイイイイイン、と機械音が鳴り響いた。


「ん？」と少女たちは顔を見合わせる。

音はアネットの部屋からだ。彼女たちはすぐに向かう。廊下ではクラウスもまた不思議そうにしており、『灯』メンバー全員でアネットの部屋へ行く。

アネットの部屋の扉は、常に開かれている。近づくだけで、内部がよく見えた。

大きな椅子と、その上部に巨大なヤスリが回転する機械が鎮座している。形状で言えば、電気椅子に近い。座る者を拘束するベルトも取り付けられている。

「俺様、バイト代でとうとう完成させましたっ」

部屋の中央ではアネットが飛び跳ねていた。

「『エルナちゃん削り器』ですっ！　これでエルナちゃんの頭蓋を削げますっ！」

「「「「「「……………」」」」」」

メンバー全員が絶句する。

すると、アネットが「あ、クラウスの兄貴っ」と振り返った。

スカートの中から一本のナイフを取り出して、クラウスに渡してきた。

「俺様からのプレゼントですっ」

「一応聞くが、これはなんだ？」

「賄賂ですっ。これで見逃してくださいっ」

「…………」

さしものクラウスも二の句が継げなかった。

それから、アネットはメンバーの後方で震えるエルナに視線を投げる。

「さぁ！　エルナちゃん、この機械で伸びた分だけ削りましょうっ！」

「コ、コイツ、目が本気なの！」

「大丈夫ですっ。俺様より超えた分だけです！　二センチだけですっ！」

命を落とすには十分すぎる宣言に、エルナは悲鳴をあげて逃走し、アネットは武器を構えて追いかけ始める。

「エルナちゃん！　俺様を差し置いて、成長期なんて許しませんよっ！」

「理不尽すぎるのっ！」

「覚悟しやがれですっ。俺様、このためにお金を稼いだんですからっ」

二人の少女が駆け足で部屋から飛び出していった。

残されたメンバーは全員同時にため息をついた。

やはり彼女の認識を改める必要はないようだ。

『忘我（ぼうが）』のアネット――『灯』最大の問題児である。

2章　case　ティア

ティアは嘆いていた。

一体どうしてよおおおおぉ、と。

ソファにうつ伏せの体勢になって、嘆き続ける。

普段ならば、その容姿に優艶さを感じさせる美しさがある少女なのだが、現在、化粧は崩れ、髪もボサボサ。あるのはヒステリックさのみ。悔しそうにソファを殴りつける様は、駄々をこねる子どものよう。彼女に心を寄せる男性は街に数多くいるが、この有り様を見たら皆幻滅するに違いない。

彼女の隣には、グレーテが座っていた。彼女もまた浮かない表情で息をついている。

「……中々うまくいきませんね。やはりボスは強敵です」

グレーテの呟きに、ティアが喚き散らして答える。

「あまりにおかしいわ。こんなの認められない！　信じられない！」

「いえ、現実を受け止めるしかありません。ティアさんの計画は完璧でした。ただ、わたくしが至らぬゆえに……」

「アナタは間違っていないわ！　全ては先生の鈍さよ！」

「フォローしてくれますか……っ」

「もっと自信を持って！　で、でもぉ、確かに現実は厳しすぎるわ……」

世界中の苦しみを嘆くように、泣き言をこぼし続けるティアとグレーテ。

広間で慰め合いを続けていると——。

「うげ、なにこの空気？　キモッ」

辛辣な言葉を吐いて、モニカがやってきた。湯上がりなのだろう。水が滴る、アシンメトリーの蒼銀髪をバスタオルで拭きながら、ティアに冷ややかな視線を送る。

「地下の大浴場まで声が響いてきたよ。なに、今度は何を失敗したの？」

「……いえ、モニカさん。ティアさんは何も悪くありません」

侮蔑の言葉を吐くモニカに対し、グレーテがティアを庇う。

「ただ、巡り合わせが悪かったのです……」

「そうよ！」ティアが声を張り上げる。「巡り合わせよ！　私の計画は完璧だった。外出中、ホテルの前を通りかかった先生をうまく呼び止められた」

「はい、見事な手際でした……」

「そう、そこで全身びしょ濡れのグレーテが出てくるタイミングも完璧！」

「計画通り、ボスも驚いておられましたね」

「ええ、先生は濡れたグレーテを心配して、ホテルに連れ込むはず。それが男というもの。あとは既成事実を作るのみ。その寸前だったの」

「……ティアさんいわく、ボスは興奮のあまりに些細な疑問も持たないと」

「なのに先生は冷静に尋ねてきたのよ。『なぜ濡れているんだ？』って」

「思わぬ質問にわたくしは焦りました。通り雨だと誤魔化しましたが」

「けれど、先生には通じなかったわ。全てを察したように去っていくだけ」

「……難敵ですね」

「そうね。さすがは一流のスパイね。警戒心が強すぎる」

「…………………」

グレーテとティアは交互に説明し、頷き合う。モニカの呆れた視線には気づかないようだった。

モニカは、あのさぁ、と息をついた。やがて面倒そうに頭の後ろを掻いて、

「ずっと前から思っていたんだけど、一個聞いていい？」

と口にした。

「なによ」と不思議そうに首を傾げるティアに、モニカが率直に尋ねた。

「キミって本当に色仕掛けが得意なの？」

――ミータリオ決戦準備期間に起きた、もう一つの事件。

アネットがアルバイトに奔走する傍ら、少女たちは交代で休日を取っていた。コンディションの調整も仕事の内である。『屍』任務後には長期間の休暇がなかったため、リフレッシュは不可欠だった。

休む少女たちの中には、クラウスと過ごすことで己を癒す者がいた。

コードネーム『愛娘』ことグレーテである。

ティアは彼女の恋愛をサポートしていた。彼女の指導の下、グレーテがクラウスにアプローチする。しかし毎回失態が続き、ティアは己のふがいなさを嘆いていた。男を堕とせない事実は、色仕掛けに長けていると自負する己のプライドを傷つけていた。

詳細は省くが、アネットの母に纏わる騒動によりメンタルが崩れていた時期でもある。

事件は、そんなティアに相談が持ち掛けられることで始まる。

◇◇◇

ティアはわなないていた。

（あ、ありえないわ……そこまでのことを疑われているなんて……）

顔を両手で覆って、細かく身体を揺らして廊下を歩く。ヒステリックな態度を通り越して、もはや茫然自失といった状態。己の根本を揺るがす事実に声さえうまく出せない。

脳裏にはモニカの厳しい声がある。

『キミって若くて身体つきがエロくて股が緩そうで、バカな男受けする外見ってだけでしょ？　デカい胸を押し当ててるだけで発情するオス猿をコントロールするなんて素人でもできるよ』

なんて容赦のない言葉だろう！

もちろん否定した。自分を信頼してくれるグレーテの前で、疑いをかけられたくない。

しかし、疑われるという事実そのものが心を苛んでいた。

（うう……私って今、そんな風に見られているのね……）

怒りよりも哀しさが上回る。

確かにクラウス相手には、一度も色仕掛けが成功していないが——。

(い、いや、モニカ一人が思っているに違いないわ。あの子はひねくれ者だもの。他のみんなは、私を恋愛マスターとして崇めてくれているはず!)

精一杯に自身を励ます。そうしなければメンタルが壊れかねない。

今日は早めに寝よう、と予定を決め、自室に向かって廊下を進んだ。

「あ、ティア。ちょうどいい」

声をかけられた。

ジビアだった。彼女はあるメンバーの部屋の前で、困ったように眉を歪めていた。

「ちょっと助けてくんねぇか? あたしじゃ手に負えなくて」

「私?」ティアは自分を指さした。

「恋愛絡みなんだよ。あたしも得意な分野じゃねぇし、リリィは顔を真っ赤にして逃げ出しちまうし、相談に乗ってやれなくて」

「恋愛って——」

意外な心地で、ティアはジビアの隣にいる少女に目を向ける。

「——サラの?」

「は、はいっす。少し困っているんです。どうしたらいいか分からなくて」

サラは自室の前で俯(うつむ)いている。

小動物のような気弱な茶髪の少女だ。彼女は顔を赤くしながら、もじもじと身体の前で手を擦り合わせている。

ティアは、へぇ、と驚いた。

意外な人物だった。『灯(ともしび)』では三番目に幼いメンバー。てっきり恋愛には興味がないと思っていた。

ぜひとも相談に乗ってあげたい。

だが、ジビアとサラはどこか乗り気でない態度を滲(にじ)ませている。

「まぁ、あたしも悩んだんだけどな」とジビアが唸(うな)り、

「しょ、正直自分も考えたっす」とサラが申し訳なさそうに言う。

「けど、あたしらじゃ良い答えは出せそうになくて――」

「他に適任もいないので――」

二人が同時に深いため息をついた。

「「コイツ(ティア先輩)しかいないよなぁ」」

「消去法なのっ？」

目を丸くする。

由々しき事態だ。まさかモニカ以外にも自身の恋愛技術に疑問を持たれていようとは。

そもそも二人の態度は、相談を求める者として失礼な気もするが――。

「……っ」

サラは思いつめた表情をしている。悩んでいることは間違いないようだ。

言いたいことはあるが、答えは一つだった。

「とりあえず話を聞かせてくれないかしら。困っているんでしょう?」

ティアはサラの部屋に入ることにした。

「ラブレター?」

思わぬ単語にティアが聞き返す。

サラが「そうなんすよ」と頷き、経緯を語ってくれた。

彼女は休日、首都にある大きなペットショップまで赴くことが多いらしい。そこは小さな芝生も併設しており、ジョニーという名前の仔犬をよく遊ばせていた。遊具や友達のペットを前にして元気いっぱいに駆け回るジョニーを眺めるのが休日の過ごし方という。

「そして、そんな自分を見てくれた男性がいたらしくて……」

「ペットショップの店員を通して、ラブレターを渡してきたんだってさ」

恥ずかしそうに喋るサラの後に、ジビアが続く。

ティアはそのラブレターを読んだ。

差出人は、ドミニク＝マウラという男性らしい。

それは『アナタに一目惚れしました』から始まる熱烈な恋文だった。少し愛が重たく感じるが、強い恋心が伝わってくる。

「で」ティアが続きを促した。「この恋文にどう返事をしたの？」

「断りのお手紙を書いたっす」

サラが即答した。

「気持ちは嬉しいっすけど、自分はスパイの任務で精いっぱいで、そんな余裕もなくて……」

「なるほどね」

「でも、そうしたら――更に大量のラブレターが届いたんす」

そう言って、サラは両手に抱えるほどの紙束を見せてくれた。

ティアは、おぉ、と驚き、確認する。熱烈な文面がエスカレートしていた。

『アナタを想うと夜も眠れません』『仔犬を見つめるアナタの笑顔が目に焼き付いて、離れません』『どうか一度お会いしたいのです』『出会いには運命を感じました』『せめてお食事だけでもよろしくお願いします』

少し怖くなるくらいだ。

ジビアは険しい顔で腕を組む。

「で、あたしに相談してきた訳だがどうよ？　なんかストーカーじみているし無視すればいいか？　お前ならどう対処するよ？」

悩みの核心が見えてきた。

贅沢な悩みであるが、恋愛は振る方も大変なのだ。アプローチの対処法に困っているようだ。

「正直」サラが頭を下げる。「こうまでされると、もうペットショップにも行きづらくて……ジョニー氏も大好きだったのに……」

すっかり弱った表情だった。

どうやらサラには男性から言い寄られた経験がないらしい。ずっとスパイの養成学校で過ごしていれば当然か。

問題を解決しなければ、サラはお気に入りの場所を一つ失ってしまう。

最初に相談を受けたジビアも、的を射たアドバイスができなかったらしい。

ティアは改めて文章を眺めた。愛が暴走しているが、悪い人ではなさそうだ。サラが未成年であることは承知の上で、健全な付き合いを望んでいる。

「ねぇ、サラ。このドミニクさんとは会ったことがないのね？」

「はい。手紙のやり取りのみっす」

「だったら、一度くらい会ってみたら、と私は思うわ。実際顔を見てみないと分からない部分も多いし、想像で話し合っていても始まらないもの」

サラは目を丸くした。

「いいんすかね……？　自分はスパイで恋愛に現を抜かすのは――」

「優先すべきはアナタの心よ」

「じ、自分の心？」

「ええ、スパイのことは脇に置きましょう。サラはどう？　恋愛をしてみたい？　他に素敵に思う人がいたりしないの？　率直な意見が聞きたいわ」

実際、スパイの恋愛は難しい。相手には自身の素性を明かす訳にはいかないし、それが弱みになる場合もある。

だが、ティアは別の憂慮をしていた。

(正直、『灯』って恋愛に距離を置くタイプが多すぎるのよね)

スパイという過酷な世界がそうさせるのか、グレーテ以外は恋心を積極的に見せることはない。しかし彼女たちが恋愛に全く興味がない訳ではないのは、以前の『花嫁騒動』で証明されている。

それは良くない——そう、ティアは感じていた。

揺れる心を強引に抑え込めば、どこかで無理が出る。それは間違いなく、人生に悪影響を与えるはずだ。

今は、建前を抜きにしたサラの言葉を聞きたかった。

サラの回答には時間がかかった。

「あ、あの……」

顔を真っ赤にして、サラは自身の帽子をぎゅっと握りしめた。

「す、素敵だなと思う人はいるっす」

ジビアとティアは顔を見合わせた。

予想外の答えだった。

恥ずかしそうに俯いたまま、サラは話し続ける。

「でも、これが恋心かどうかは自分でも分からないんです……それに、その人はきっと自分との恋愛なんて露程も望んでなくて、更に言えば、ほかにお似合いだと思う方がいて、自分はこの人の恋愛も応援していて……」

ティアは一人の男を連想した。

——少女たちと近い距離にいながらも、それが誠意と言わんばかりに、一切恋愛感情を向けない、あの男。

「もしかしたら」サラが苦笑する。「自分は恋愛に憧れているだけかもしれないっす。自分もグレーテ先輩みたいな恋ができたらなぁって」

「アナタの歳ならば、普通よ」

ティアは微笑みかけた。

そうだ、スパイといえど自分たちはティーンエイジの女子なのだ。普通ならば、恋に恋い焦がれている年代だ。

「決まりだな」とジビアが笑った。

ええ、とティアは頷き、結論を述べる。

「会ってみましょう。アナタが抱く感情が、恋なのか確かめるためにも」

他の男性とデートをしてみれば、抱く感情に整理がつくだろう。むしろ良い機会かもしれない。

話がまとまると、サラはハッとした顔になり、オロオロと慌てだす。

「で、でも、本当に自分でいいんすかね？　自分、男性と二人きりで会うなんて初めてで、ファッションもよく分からなくて、相手をガッカリさせるだけなんじゃ……」

彼女の外出用の服は、主に擬態用の学校制服だという。私服は目立たない地味な洋服しか持っていないらしい。

「あら、私を誰だと思ってるの？」

不安そうな顔をするサラの肩を、ティアは指で押した。それから堂々とした態度で、自身の胸元を手で押さえる。

「完璧にサポートするわよ。私の真の実力を見せてあげるわ」

その直後からティアによるサラの改造大作戦が始まった。

デート当日の朝、ティアはモニカの部屋を訪れた。

ノックして部屋に顔を出すなり、ベッドで眠そうにしているモニカが「は？　なんで休日の朝から、キミの顔を見なきゃいけないの？」と悪態をついてきたが、スルーする。彼女が自分に当たりが強いのは今に始まった話ではない。

ティアは「ちょっと広間に来てくれないかしら？」と声をかける。

「あ？」顔をしかめるモニカ。

「アナタに見てもらおうと思ってね。私の実力をご覧じなさい」

挑発してみせると、モニカは「あ、そう」と退屈そうに答えた。愛想のない素振りだったが来てくれるらしい。寝巻きから任務用の服に早着替えし、ティアと共に広間へ降りてくれた。

ティアは「これが私の本気よっ！」と声をかけ、扉を開ける。

広間の中心には、お洒落をしたサラが立っていた。

ティアが施したのは、サラが持つ純朴なイメージを損なわないバランスを保った服飾だった。化粧は薄いファンデーションにとどめ、服装はライラット王国製の萌黄色のロングスカートを中心にコーディネート。彼女のトレードマークであるキャスケット帽はそのままにして、アクセントにバッジを添えている。帽子から伸びているパーマ気味の髪はこてを当てて整えた。

「……へぇ」

モニカが僅かに息を吐いた。

「やるじゃん」

ティアはぐっと拳を握りこむ。

お世辞を言わないモニカの賛辞は成功の証明に他ならない。

「ま、土台がいいんだよ。胸を張りな」

モニカは、落ち着かなそうにしているサラに声をかける。

褒められたサラは顔を紅潮させた。慣れない服装に戸惑っているようだ。

そこで広間に、ほかの少女も続々と集まってきた。みんな、見違えるように美しくなったサラに声をかける。

「俺様、とてもカッコいいと思いますっ」「サラお姉ちゃん、素敵なの」

アネットとエルナからも絶賛されて、サラは照れるように頬を搔いている。

ティアは誇らしげに髪を払った。

「私が本気を出せば、当然よね」

達成感に浸るティアに、グレーテが「さすがですね、師匠っ……」と感動の眼差しを向けてくれた。モニカのせいで揺らぎかけた弟子からの尊敬も取り戻せたようだ。

「でも、これで終わりじゃないわ」

ティアは鼻高々に口にした。

「デートもしっかりサポートするわよ。サラ、無線機を持っていってね」

「み、見張るんすか？」サラが驚愕の表情をした。

「決まっているでしょう！　手が空いているメンバーも来てもらうわ。私たち全員が協力すれば、完璧なデートが演出できるはず」

「「「「おーうっ！」」」」

「いえいえ！　ありがたいけど、遠慮するっす！　恥ずかしいっす‼」

悲鳴を上げるサラをよそに、ほかの少女たちは盛り上がっていた。

「安心しろ。変なホテルに連れ込もうとしやがったら、あたしがぶっ飛ばしてやるから」「わ、わたしも緊張してきましたよ」「俺様、盗聴器の用意はバッチリですっ」「……ぜひボスとのデートの参考にさせてください」「エルナ、応援しているの」

「あ、はいっす……」サラはもう全てを諦めたような目をしていた。

ティアは苦笑した。

もちろん、サラの手助けをしたいという感情もあるだろうが、皆も恋愛に興味があるのだろう。やはり年頃の少女たちは、これが自然なのだ。

サラには申し訳ないが、メンバーが遠ざけがちだった『恋愛』に向き合う良い機会だ。

「うわ、迷惑なやつら」

唯一モニカは冷めた反応だが——。

「あら？　モニカはいかないの？」

尋ねると、彼女は迷惑そうに睨みつけてきた。

「はぁ？　なんでボクまで付き合わなきゃいけないの？」

「午前中しか付き合わないから」

「結局、来るんすねっ！」サラが目を剝く。

まさかのメンバー全員の同伴だった。


待ち合わせの日時と場所は、ラブレターに指定されていた。

共和国首都の中心から少し離れた郊外に、ペットと入れる喫茶店がある。噴水がある中庭で犬を遊ばせながら、美味しいガレットが食べられる。その店先が集合場所だ。

無線機を持ったサラが店に向かうと、他の少女たちは向かいのビルにある空き室で待機した。四階の窓には双眼鏡を持った少女たちがズラリと並ぶ。

「しかし混んでんな。ペットってこんな人気なんか」

昼食のサンドイッチを齧りながら、ジビアが呑気に呟く。

「最近、ペットブームらしいですよ。品種改良も進んでいるみたいで、セレブたちの間で人気だそうで」

コメントを返すのは、同じくサンドイッチを齧るリリィだった。

割と呑気に観察している二人。

一方その隣では、小さな少女二人が鼻息を荒くしていた。

「俺様、待ち合わせ場所もバッチリ見えますっ」

「エルナも大丈夫なの。周囲に危険はないの」

アネットとエルナである。

「ほーい、確認」

意気込んでいる二人にモニカが質問を投げかける。

「もし来た男が、軽々しくサラに触れてくるクソ野郎だったら？」

二人同時に手が挙がった。

「俺様が爆殺しますっ」「エルナの不幸に巻き込んでやるの」

《やりすぎっすよ⁉》

無線機越しにサラのツッコミが入る。電波は良好のようだ。

「俺様たちが、男を査定してやりますっ」「エルナたちが認めない男には、サラお姉ちゃんは渡せないの」

サラの制止も聞かず、エルナとアネットがハイタッチをかわしている。

普段サラに面倒を見てもらっている二人だ。彼女たちとサラの三人は特殊班というグループに所属しているが、彼女たちの絆は固いようだ。

（まぁ、これもサラの人徳よね……こうやって全員が集まるなんて）

サラは、アクが強い『灯』では珍しい常識人だ。彼女を慕う者も多い。愛想のないモニカまでもが付き添っている事実が、それを示している。

ぜひともデートを成功させたい。

ただ、そのサラの人の好さは不安のタネでもあった。

ティアは頰に手を当てた。

「正直、サラって気弱そうに見えるから、変な男を惹きつけそうではあるのよね。自分より弱そうな女しか愛せない輩とか」

「だね」モニカが答えた。「なんせ、あんなラブレターを寄越すような男でしょ？　不安しかないんだけど」

「見てみないと分からないわ。もちろん中身が肝心とはいえ、ねぇ……」

「ま、当然。サラにとっても、それなりな外見の男がいいでしょ」

外見だけで差別はできないが、やはり清潔感のある男に来てほしい。ドミニクの恋文には、本人の写真が入っていなかった。年齢も職業も不明だ。

どうしても不安が募る。

もしや外見に自信がないから写真を入れなかったのではないか、と。

「む、何者かがサラお姉ちゃんに話しかけているの！」

その時、エルナが声をあげた。

ティアはすかさず「ターゲット確認っ！」と号令をかける。

ビルの窓際に少女たちが押し合い圧し合いしながら、双眼鏡を向けた。

喫茶店の前では、一人の男性がサラに話しかけていた。

短く刈り揃えられたダークブロンドの髪、真っ黒のジャケットにベージュ色のパンツ。

手元にはスイセンの花を抱えている。ラブレターの予告通りの恰好だ。

彼がドミニクで間違いないだろう。恥ずかしそうにサラへ頭を下げている。

全員が息を吞み、彼に視線を送る。

そして、ドミニクの顔を見た時、少女たちの感想は一致した。

「「「「「イケメンだあああああああああああぁっ！」」」」」

少女たちは叫んだ。

そう、サラにラブレターを出したドミニク＝マウラは、少女全員が満点を出すほどの美青年だった。

ドミニクとサラは喫茶店で話している。

サラが隠し持った無線機から、ドミニクの声が聞こえてくる。

《あぁ、すみません。あんなラブレターを突然送り付けられても、迷惑だったでしょう？ つい抑えきれなくて、あまりそういうタイプの人間ではないのですが……あぁ、自己紹介をしますね。ドミニク＝マウラ。シーリッタ大学の四回生です。ここ最近、自分も犬を飼おうと思いまして、それでペットショップを回っているうちに、アナタをお見掛けして……そして、はい、一目惚れをしてしまったんです》

ほとんどドミニクが喋っているが、今のところ悪い印象はない。

実際、好青年のように感じられた。身なりは整っている。流行のジャケットを着こなし、高価な腕時計もつけている。メニューに迷うサラに、嫌味なく助言をし、見晴らしのいい席も譲っている。学歴も悪くない。

なにより話が盛り上がっていた。

《大学では、遺伝子改良の農作物を研究しています。ご存じですか？　ウェリヒコーン。栄養価が高くて、ペットフードにオススメで……はい、この開発にも微力ですが関わったんです。そうですかっ、サラさん、他にもペットを飼っているんですねっ？　喜んでいただけて嬉しいです》

サラから会話を引き出している。お互いの興味関心が近いのかもしれない。サラも朗らかな笑顔を見せていた。

《あの、鷹の健康に良い食事ってあるっすかね？　最近少し元気がなくて》

《鷹、ですか。肉食、ですよね……どうでしょう。今度、教授に相談しておきますよ。ただ忙しい方ですので、お時間が少々かかってしまうかも》

《教授……？　シーリッタ大学の教授っすか？》

《いえ、トット教授です。先月学会でお会いして、意気投合しまして》

《生物学の権威っすよね⁉　すごいっすね！》

実に平和な会話だった。

こうなると退屈になってくるのは観察している側だ。安心できる反面、拍子抜けしてしまった。

「これ以上見続けるのも無粋だね」

モニカが大きな欠伸(あくび)をした。

「飽きてきたから帰ろうかな。ジビアも行く？」

「ん？　うーん、あたしも帰ろっかな。問題なさそうだし、あとで顛末(てんまつ)を聞くよ」

ジビアもまた帰り支度を始めた。その二人に続いて、リリィが「あ、せっかく首都まで来たんだから、スイーツでも食べていきましょうよ」と声をかけて、持ち場を離れる。

確かに、これ以上盗聴を続ける意味はなさそうだ。ティアがサポートするまでもなく、サラとドミニクの喫茶店デートは恙(つつが)なく進行している。

熱心に盗聴を続けるエルナとアネットの監督役として、残るつもりだが。

《あ、そういえばご存じですか？　この間、新しく公園ができたそうですよ。リードなしで犬を放っていいそうで》

《え、知らなかったっす》

《良かったら来週、一緒に行きませんか？　次はお互いのペットを連れて》

《そ、そうっすねぇ……あ、やっぱり答えは保留でいいっすか？　来週の予定はよく分からない部分が多くて》

《あぁ、こちらこそごめんなさい。初対面なのに図々しく誘ってしまって》

もう次のデートの予定まで立て始めている。

サラの声音から、彼女も乗り気ではあるように窺えた。

初デートとしては、満点を付けてもいい出来だ。

喫茶店デートは二時間で終わった。

初めての男女が会うにしては長すぎず短すぎず、ちょうどいい時間だ。そういった塩梅もドミニクは把握しているようだ。彼はサラに連絡先を渡し、温かな笑顔を見せて去っていく。

解散直後、ティアはドミニクの方へ近づいていった。駅の方へ歩く彼を先回りして、正面から声をかける。

「あら、アナタ」

「ん？　俺がどうかしましたか？」

突如話しかけられたにも拘わらず、ドミニクは不愉快な表情一つ見せなかった。

念のため、ティアは直接話しておきたかった。大切な仲間と懇意になるかもしれない男性なのだ。しっかりと会っておきたい。

(近くで見ると、一層爽やかだこと)

彼に抱いていた印象は更に良くなる。無害そうな笑みを向けている。かといって弱々しく感じさせることもなく、いざというときに守ってくれそうな身体の厚みもあった。

年下キラーね、とティアは分析する。さぞモテてきたに違いない。

ティアもまた笑顔で返した。

「アナタ、さっきまで可愛い子と一緒にいたわよね？　彼女さん？」

「……？　なぜ、それを？」

顔をしかめるドミニクだったが、すぐ納得がいったように「あぁ」と白い歯を見せた。

「もしかして、サラさんのお知り合いですか？」

「そんなところ。ごめんなさい、ちょっと見張らせてもらっていたわ」

「いえいえ、構いません。やはり不安にさせてしまいましたよね。あんなラブレターを大量に出したら」

照れたように頭を掻くドミニク。

「やはり印象通り、とても素敵な子でした。俺も浮かれちゃって……あ、もちろん外見だけでなく、中身も一層素晴らしいとは思いましたよ」

「なら良かったわ。今後も優しくしてあげて。ところで――」

ティアはそっと人差し指を向けた。

「髪にゴミがついているわよ」

「そうですか？」ドミニクが不思議そうに、自身の髪をなでる。

「動かないで。今とるから」

ティアは一歩ドミニクに歩み寄り、顔を近づけた。彼は顔を背けなかった。自然と数秒、見つめ合う姿勢になる。

「…………うん、とれた」

三秒程度視線を重ねたところで、ティアは離れた。

ドミニクは、どうも、と小さく頭を下げた。

「…………？」

ティアは頭に疑問符を浮かべる。

彼女には特技がある。三秒ほど見つめ合った人間の願望を読み取るというものだ。サラの恋愛相手として相応しいか、心を読んでみたのだが。

──感じ取れたのは、これまでの印象とはかけ離れた欲望だった。

これは一体どういうことか。

納得しきれないまま、ティアはドミニクと簡単な挨拶をかわし、別れた。

その後、足早にサラの姿を探した。すぐに会っておきたかった。

彼女はいまだ喫茶店の前にいた。ドミニクとの会話に疲れたのか、空を見上げながらボーっとしている。

まだ昼間ではあるが、曇り空のせいで、太陽は隠れていた。

サラは呆然と目を細めていた。

「サラ、お疲れ様」

「あ、ティア先輩」

彼女はティアに気づくと頬を緩めた。

そのわずかに上気した顔を見ると、つい指摘してしまった。

「……浮かれた顔をしているわね」

「そ、そうっすかね？」恥ずかしそうに頬を押さえるサラ。

「ほら、少し歩きながら帰りましょ」

バスを使ってもいいが、徒歩で向かう。大通りから一本脇に入った道を選択した。時計屋や仕立て屋が並ぶ、静かな通りだ。自転車に乗った郵便配達員が自分たちを追い越していく。

「か、かなりドキドキしたっす」

ティアから質問する前に、サラが口にした。

「だ、男性とお食事ってこんな感じなんすね。緊張して、自分でも何を話したのか覚えていないっすよ。近くで見つめられて、恥ずかしかったっす」

「そう……」

曖昧な相槌しか打てなかった。

サラの声は上ずっている。普段より早口で、初デートが悪くないものだったことを物語っている。

ティアは別れ際、ドミニクがサラに告げた言葉を思い出した。

『今日会えて嬉しかったです……本当に可愛いですよね、サラさん。近くで見ると、特にそう感じました』

『話してみたら、趣味も合うし、とっても良い子だなぁって』

『また会えたらと期待しちゃいますね。でも、たとえ会えなくても、サラさんみたいな可愛い子と過ごせた今日は、俺の一生の思い出ですよ』」

歯の浮くようなセリフだが、あんな美青年に何度も告げられて、昂揚しない少女はいないだろう。

「どう？　ドミニクさんの印象は？」

尋ねると、サラは眉間に皺を寄せた。

「……う、うーん。まだ整理はついていませんが、やっぱり恋愛感情はないっすよ。でも『可愛い』って言ってもらえると、嬉しい……というか、照れますよね。自分、あまりそんなこと、男性に言われてこなかったので」

「うん……」

「ただ、ドミニクさんは……その、自分が素敵だなって思う人とは違くて……もちろんドミニクさんが悪い人という訳ではなくて、うーん、なんて言っていいのか……」

その後もサラはコメントを述べ続けたが、最終的に「あー！　変っす！　自分なんかが選り好みする時点でおかしいっす！」と頭を抱え始めた。

情報量が多すぎてパニックになっている。

ティアはオロオロしているサラをそっと見つめた。

（ねぇ、わかってる？　それを思春期というのよ）

ドミニクがサラの恋愛対象か否かなど、もう問題ではない。

既に彼女の心は揺れているのだ。ドミニクを選ばない、という決定は、別の誰かを意識したが故だ。必然的に自身の容姿も気になり始める。だとすれば、恋愛対象外だとしても、異性から容姿を褒められれば悪い気はしない。

それは、スパイの訓練に明け暮れたサラが逃してしまったモノ。

彼女が味わっているのは――青春。

（私はそれを体験してほしかった。他のメンバーにも向き合ってほしかった。それだけなのに――）

悔しくて拳を握りしめる。

（――なんでこんな結果になるのよ）

ドミニクの心を読んでから、嫌な予感が消えなかった。

ティアは意を決して口にする。

「あ、あのね、サラ。一つ伝えたいことがあるんだけど――」

「サラ」

言い切る前に、彼女を呼ぶ者がいた。

モニカだった。

「少しいい？」静かな瞳だった。

いつの間にか道の正面に現れていた。その顔に一切笑みはない。

彼女の脇では、リリィが気まずそうな表情で俯いている。

「……モニカ先輩？」サラが不安そうに尋ねる。「どうかしたっすか？」

「こういうのは早めに言った方がいい。ストレートにね」

モニカはサラに封筒を突きつけた。

不思議そうにサラは封筒を開ける。封筒の中身は、シーリッタ大学の在籍名簿と大量の新聞記事の写しだった。

「シーリッタ大学の在学生を調べてきた。四回生にドミニク＝マウラなんて学生はいない。ウェリヒコーンの開発にはそもそも学生が関わっていないし、トット教授は先月ずっと海外調査でいかなる学会にも出席していない。アイツの言葉はデタラメばかりだ」

モニカは仲間の輪から外れた後、こっそり身辺調査をしていたようだ。リリィとジビアも手伝ったのだろう。彼女たちのサポートがあり、モニカが本気を出せば、この短時間で大学事務室へ潜入など朝飯前だろう。

彼女が証明したのは、ティアも覚悟していた真実だった。彼の心を読み、見えてきたのは——相手を利用し大金をせしめる薄汚い強欲。

あの男は、サラをカモのようにしか見ていない。

サラの顔が青ざめる。

「どういうことっすか……？　だってドミニクさんは——」

「本名はタリック＝プープケ。彼は先月に逮捕されている」

モニカは告げた。

「正体は恋愛詐欺師だ」

◇◇◇

モニカは淡々と語った。

ドミニク——改めタリックは学生ではない。無職の青年だ。年下の少女に寄生し、小金をせしめて生計を立てている。裕福な家庭の少女に声をかけ、恋人になり、金に困った演技をする。そして、少女の心配を煽（あお）り、彼女の親から高価な品を盗んでくるよう、誘導するのだ。

被害者の家庭は悲惨な結末を辿る。詐欺は大抵、娘の行動を不審に思った両親により発覚する。起こる悲劇は金銭的被害だけではない。娘の裏切りに両親は落胆し、娘は最悪の失恋に心を閉ざす。両親と娘の絆は壊れ、家庭は崩壊する。

そんな不幸を振りまいているのが、タリックという男だった。

「で、でも」サラの声は震えている。「先月逮捕されたなら、なぜ今は外に……？」

「不起訴処分だったんだ」モニカは頷く。「証拠不十分でね。被害者は無念だったろう」

恋愛詐欺という概念は、まだディン共和国の司法にはない。少女から金銭やプレゼントをもらった行為は、自由恋愛の範囲として処理され、詐欺罪として立証できなかった。

それらの経緯が新聞記事の端に語られている。

「どうして財産なんてない自分がターゲットに……」

いまだサラは現実を受け止められていないようだ。

モニカは淡々と語った。

「ジョニーだよ」

サラが飼っている仔犬の名だった。

「今、首都ではペットが人気なんだろう？　ジョニーはキミが完璧に調教している。賢く、まるで人語を理解するように振る舞う。おまけにまだ仔犬で可愛いときた。セレブどもに高く売りつければ、かなりの額にはなるさ」

「……っ」サラが呻(うめ)く。

思い出したのだろう。

次のデートで仔犬を連れてくるよう、指示されたことを。

「今、ジビアがタリックを尾行している。友人とパブに入っていったそうだ。会話を聞く覚悟はあるかい？」

モニカが懐(ふところ)から受信機を取り出した。

サラは息を呑(の)み、自身の身体(からだ)をぎゅっと抱きしめながら頷いた。

半笑いのタリックの声が流れてきた。

『……今？　あぁ、また良いカモを見つけて、会ってきたんだよ。笑っちゃうくらい初心(うぶ)な子でさぁ。堕(お)ちるまで時間の問題かな……うん、そう。まず両親の財布から金を盗ませて、どっかのタイミングで犬をパクるよ……おう、ほんとウケるよ。考えりゃ分かるだろ。あんな田舎くさいガキを一目惚(ひとめぼ)れする男なんている訳が――』

そこで音声が途切れた。モニカが受信機の電源を落としたのだ。

良い判断だ。これ以上は隣で聞くティアでさえ耐えられない。

だが、サラの心を抉るには十分すぎたようだ。顔色は青を通り過ぎ、真っ白になっている。膝が震えていた。唇を噛みしめている。まるで倒れてしまいそうになるのを堪えるように、彼女は荒い息を吐いていた。

「安心しなよ、サラ」

モニカの声は珍しく優しかった。

「ボクが動くよ。コイツは死より惨たらしい目に遭わせる」

サラの肩を叩き、雑踏の方へ歩み始める。一目見て、彼女が怒っていることは察しがついた。こちらの肌までピリつくような、怒気を放っている。

モニカに続くようにリリィもまた歩き出した。彼女の手には、もう毒針が握られている。

彼女たちならば完璧な復讐を果たしてくれるはずだが――。

「ス、ストップっす！」

サラが引き留めた。

「だ、大丈夫っすよ……そんなことしなくて……」

「なんで？」

モニカが納得いかないように顔をしかめる。

サラは自嘲気味に笑ってみせた。

「自分がマヌケだったんです……やっぱり、考えれば分かることじゃないっすか。自分に、自分なんかに一目惚れする人間がいる時点で、詐欺って気づくべきっすよ。そんな男性を期待すること自体、おかしくて……自分が恋愛なんて無謀で、笑い話で……」

途中から声が掠れていた——涙のせいだ。

目から涙が溢れ出し、サラは目元を押さえて逃げるように駆け出した。

「サラっ！」と呼び止めるティアの声にも耳を貸さず、街角に消えていく。

すぐに追いかけなければならない。

だが、次の瞬間には新たな人物が現れていた。

「今の話、本当ですかっ？」

「ドミニクさんは詐欺師なの……？」

アネットとエルナだった。

デートが一段落して、遊んでいたらしい。棒キャンディーを舐めながら、通りに現れた。

エルナの手には新品のキャンディーがあった。きっとサラの分なのだろう。

二人は事態を見ていたらしい。

サラが去っていった方向に、陰りのある眼差しを向けている。

「俺様——」

アネットがパキッとキャンディーを噛み砕いた。

「――素敵な散歩をしてきますっ」

「エルナもついていくの」

直感的にまずいと悟った。

加減下手な二人だ。タリックに過剰な制裁を加えかねない。特にアネットは底知れない何かを滲ませている。

「ス、ストップ。アナタたち、待ちなさい！」

ティアは慌てて制止をかけるが――。

「なんで止めんのさ。キミは怒ってないの？」

モニカに睨みつけられた。

「ボクも反吐が出るんだよね。こういう人の純情を弄ぶクソ野郎」

「モニカ……」

「邪魔しないでよ。この世界には手を出しちゃいけない存在がいるってこと、コイツに教えてあげなきゃ」

モニカの瞳は厳しい。もしかしたら、サラにデートを促したティアも批難しているのかもしれない。

彼女の怒りはもっともだ。

仲間の純情を弄ぶような奴(やつ)を、制裁も与えず野放しにはできない。司法が裁けないのなら、自分たちが手を下すのもいいだろう。

うん、と頷けば、仲間は完璧にサラの仇討(あだう)ちを果たしてくれるはずだ。

「違うわ」

しかしティアは首を横に振った。

ただの私刑では、サラの心の傷は癒(いや)されない。そんな復讐に意味はない。

「時間をくれない？　私がより相応(ふさわ)しい方法で決着をつける」

モニカは訝(いぶか)しげな顔を向けてくる。

ティアは声を張り上げた。

「言っておくけど——私だってブチ切れているからっ！」

モニカの発言には一理あった。

完膚なきまでに教えてやらなければならない。この世界には手を出してはいけない存在がいると。

サラは街の中心を流れる小川のそばのベンチにいた。

手には食パンがあった。サラがそっと地面に撒くと、多くのハトが群がる。ハトは行儀よく、与えられるのを待っているように見えた。サラは寂しそうな瞳で、食パンを千切り続けている。

通りを進むカップルがサラを愉快そうに見つめ、通り過ぎていく。

「サラ……」ティアは声をかけた。

「バカみたいっすよね……」

悲哀に満ちた声だった。

「浮かれていた自分がバカみたいっす。こんなのに皆を巻き込んで恥さらしっすよ……」

「…………」

「最低っすよね。自分が素敵だなって思う人は別にいるのに……あんな男に『可愛い』って言われて、喜んじゃったんすよ……それが悔しくて……」

大粒の涙が彼女の膝に落ちていく。

引き裂かれた彼女の心が見えるようだ。恋愛詐欺は被害者の心を殺す。それはティアがもっとも理解している。だから彼女は自身がハニートラップを仕掛ける際は、配慮を怠らない。

ゆえにタリックが腹立たしい。

――仲間の純情を揺さぶった人間を、断じて許してはおけない！

サラは苦しそうに訴える。

「自分も、グレーテ先輩みたいな素敵な恋愛がしてみたいって……自分なんかが、できるわけがないのに――」

「そんなことないっ！」

ティアは彼女の肩を正面から摑んだ。

「ごめんなさい、サラ。全ては私の軽率な判断のせいよ。でも言い訳させて。私は知ってほしかった。アナタは本当に魅力的な女の子で、恋愛を楽しむ資格も権利も有していることを。チームのみんなにも理解してほしかった」

「ティア先輩……」

「恋愛にはキッチリ恋愛でケリをつけましょう。もう容赦しない」

彼女は優艶な笑みを浮かべた。

「アイツを惚れさせるの、今度こそ本気でね」

陽炎パレスに戻ると、ティアは仲間たちに指示を出した。

「グレーテ、この絵の通りに服を作ってくれないかしら？　サラの体格より少し大きめがいい。リリィとエルナは香水作りに協力して。ジビアは悪いけどひとっ走りして、材料を一通り揃えてくれる？　アネットは、東洋料理のレストランをリストアップ。モニカは引き続きタリックの動向を調べて」

細かく指示を送り、仲間を動かしていく。『灯』のメンバーたちもサラのために、と従ってくれた。

仲間に指示を送る中で、特に役立つと感じたのはリリィの能力だった。彼女が作れる毒は、麻痺毒だけではない。興奮作用や酩酊作用を与える毒も作れるらしい。これさえあれば疑似的な惚れ薬になる。勝負は短期間につけられそうだ。

「張り切っているところ悪いけど」

途中モニカが水を差してきた。

「キミの指示に従って、タリックを堕とせる根拠はなに？」

「既に心を読んだからよ。もうあの男の欲望は手に取るように分かる。元からのサラの魅力が合わされば確実よ」

スキルを駆使して用いる交渉術こそが、ティアの本領。

「教えてあげるわ。私が養成学校で落ちこぼれた理由」

ティアは自身の胸に手を当てた。

「関係を持ちすぎたせいよ。男性教官、街の男、養成学校の少女ともね」

「へぇ……」

彼女には憧れのスパイがいる。その存在に追いつくため技術を磨き続けた。人を魅了し籠絡（ろうらく）し操る訓練を重ねてきた。その行為を見咎（みとが）められ、不当に成績を下げられるほどに。

その実力を発揮すれば、つまらない詐欺師を惚れさせることなど訳がない。

「恋愛に関しては、私は無敵なのよ」

コードネーム『夢語（ゆめがたり）』を有するティアの本気だった。

その頃、タリックは上機嫌だった。

今回のターゲットを嵌（は）める算段がついたからだけでない。友人とパブで飲み明かしていると、隣の席で飲んでいた男性に声をかけられたのだ。「兄さん、面白（おもし）れぇ話してんな。

酒奢るから、詐欺の極意を教えてくれよ」と。

最初、警察を警戒した。だが話していると、すぐ誤解だと気づいた。相手の挙動はどこか小物くさいのだ。説明にいちいち「うおっ」や「えぇっ」と驚いてみせる。うだつの上がらない三流詐欺師に違いない。とうとう自分も尊敬を集める存在になったのだ。

大した人物ではないだろう。他の特徴をかき消すほどに見事なマッシュルームヘアーをする男なんて。

『キノコ男』と心の中で命名する。

「大事なのはターゲット選びですよ」

タリックは得意げに語った。

「恋愛詐欺の長所はね、被害者が名乗り出にくいことです。『あの人が詐欺師のはずがない』とか『騙された自分が恥ずかしい』とか、被害者は自分を恥じる。特に金持ちのガキはいい。親が娘の愚行を広めたくなくて、警察に届け出ない場合が多い。これほど都合のいいカモはいませんよ」

「ってことは今狙っている相手も？」

「ええ、高く売れそうなペットを持つ茶髪の子でしてね。オドオドして気が弱そうで、絶好のカモです。裕福な家庭に違いない。親から金を盗ませまくった後は、仔犬を盗んでみせますよ」

自分に『可愛い』と言われて初心な反応をした少女を思い出し、タリックは笑い声を漏らした。

キノコ男は、ふぅん、と相槌を打って立ち上がった。タリックの肩を叩く。

「あんがと、いい暇つぶしになった」

「ひ、暇つぶし？」

タリックは目を見開く。詐欺の極意を教わりたいのではなかったのか。

「ただ、嘘の同業者として忠告しておくわ——お前、センスねぇよ」

キノコ男は去っていく。

タリックは唖然としながら見送るしかない。

もちろん、彼にはその男がガルガド帝国のスパイ『白蜘蛛』だと知る由もなかった。

キノコ男の忠告を気に掛ける理由はタリックになかった。

——自分はサラというカモを釣り上げる直前まで来ている。詐欺のセンスがあるに決まっているではないか。

タリックが鼻歌を歌いながら、家近くの喫茶店に移動する。すると店長から「伝言を預かっているよ」と告げられた。電話を持たないタリックは、行きつけの喫茶店に伝言を頼むようにしていた。伝言の内容は、サラからの二回目のデートの誘い。予想通りだ。

ディナーの場所はサラが指定してくれた。

レストランの名前を聞いて、お、と驚いた。それはタリックがずっと興味があった東洋料理屋だった。感心する。しかもタリックの大好物を予約してくれるという。自分の好物を伝えた記憶はない。思わぬ偶然だ。

それから一週間、無意識にデートを心待ちにしている自分がいた。

休日の夜、レストランの前でサラと合流すると、タリックは動揺した。サラはいつも被っている帽子を脱ぎ、髪を小さく縛っていた。

(アレ？　この子、こんな可愛かったっけ？)

緊張する。サラの容姿はタリックの好みに近づけられていた。髪形は、ここ最近ハマっている女優と一緒だ。派手すぎないワンピースは、タリックの初恋の女性が着ていたものと瓜二つ。漂ってくる香水も、タリックの脳を強く揺さぶった。

席に着いた時、サラは予約していた品以外の料理を淀みなく注文する。タリックの好物ばかりを並べ「実は、これが自分の大好物なんすよ」と笑いかけてくる。

心臓が高鳴った。

喉が渇いて、運ばれてきた酒を一気に呷った。胸が大きな銀髪のウェイトレスが運んでくれた酒だ。薬品のような味がしたが一切気にならない。酒を飲んだ直後から、一層心臓の鼓動が速まった気がした。

「最近、気になるものがあって」とサラが小首を傾げながら語る。

それは、タリックが好きな女性の所作だった。

「お父さんがレコードを集めるのが趣味で」とサラがバンド名を語る。

それは、タリックが喉から手が出るほど欲しい名盤ばかり。

「あ、グラスが空っすね。次は何を飲みますか?」とサラがメニューを差し出してくる。

その気遣いもタリックは大きく気に入った。

二時間も経ち、その間、一段と魅力的になったサラと、薬品の味がする酒を飲んでいるうちにタリックは興奮しきっていた。全身を血が駆け巡っている感覚さえある。

——もしかして運命ではないか。

輝かしい予感が胸を占めていた。恋愛詐欺師として多くの少女と関わってきたが、サラほど好みの女はいなかった。

(よく見れば、肌も白いし、守ってあげたくなるし、超可愛いじゃないか)

なんとしてでもモノにしたくなる。弾む心を抑えきれなかった。

「あ、あのさ」

タリックは勝負を急いた。

「サラさんが良ければ、この後は俺の部屋に来ませんか？　もう遅いですし、泊まってください よ」

「ありがとうございます、ドミニクさん。でも一つ確認してもいいすか？」

「確認？　寝巻きや歯ブラシなら一応——」

「本名はタリック＝プープケ。詐欺師だったんすよね？」

冷ややかな瞳が目の前にあった。

背筋が寒くなる。

サラは淡々とタリックの個人情報を語った。両親の住所から馴染みの喫茶店まで。どれも正確に。

足元が崩れるような感覚を味わう。今晩は理想の女を抱けるはずではなかったのか。

「い、いや」タリックは冷や汗を流した。「でもアナタへの気持ちは——」

「いいっすよ」

「え？」

「自分は今晩、タリックさんの部屋に泊まってもいいっす。ただ、今までアナタがしてきた行為を正直に教えてください。本当に自分との付き合いを望むのなら——それが条件っすよ」

サラが浮かべたのは、慈愛に満ちた微笑みだった。あらゆる罪を許してくれる聖母のような顔。

「タリックさんも辛かったんすよね。両親からの期待に押し潰されそうで、本当はタリックさんが一番苦しかった……大丈夫っす。自分の前では正直になってください」

どろりと脳が溶ける感覚があった。年下の少女に甘えるという未知の感覚に、身体が熱くなってくる。

本能が理性を超越する。

滑るように言葉が出てきた。嘘をつこうと思えなかった。全て吐き出したかった。この運命の相手ならば全てを受け入れてくれる。そして受け止め、愛してくれるだろう。

洗いざらい告白した。自分が嵌めてきた少女たちの名前、その経緯、奪い取った金銭。何一つ隠すことなく。

サラには何もかも聞いてほしかった。

「……これが全てです」

一息に言い終えると、タリックは媚びるように頭を下げた。

「で、でも俺は足を洗います。この想いに偽りはありません。だから——」

「残念ながら」

サラは立ち上がった。

「そんな上手い話はないっすよ」

厳しく言い放ち、何かを取り出した。

サラの手元には、小さな機械が握られていた。ボイスレコーダーなのか。

「これを警察に届けます。詐欺罪で立件できなかった子たちのために」

冷水を浴びせられた感覚。

途端に我に返る。

「お、俺を騙したんですか?」

「それはお互い様っすよ。では、自分は帰ります」

サラは残念そうに首を横に振って、席を立った。

もはやタリックに冷静な判断はできない。自身の好みと完璧に合致した少女が立ち去ろうとしているのだ。本能が悟る。引き留めなければならない。

「ま、待ってくださ——」

みっともなく彼女の肩へ腕を伸ばすと、触れる寸前でその腕を摑まれる。

「この子に触れるな」

長身長髪の男が立っていた。一体どのタイミングで立っていたのかも分からない。整ったスーツを着こなし、タリックに冷徹な瞳を向けている。

思わず声が漏れるほど美しい男性だった。

タリックは動けなかった。長髪の男はさほど力を入れていない。しかし膝が勝手に震えだし、そのままレストランの床に座り込んでしまう。

「あの、タリックさん。ありがとうございました。一瞬でも自分を好きになってくれて。自信が持てたっす」

サラが穏やかな顔で告げてきた。

「でも自分は、もっと素敵な男性を知っているから」

やがて彼女は長髪の男と指を絡め合わせるように手を繋ぎ、去っていった。

――理想の恋が砕かれる。

世界が飲み込まれるような絶望感に包まれ、タリックは大声を上げて泣き喚いた。

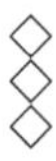

夜の路地にて――。

「あ、あの？　先生、本当は男装したグレーテ先輩が来るはずっすよね？」

「ん？　あぁ、ティアに頼まれたんだ。簡単に事情は聞いている」

「なるほど……あ、その、手が……」

「もう少し繋いでおこう。今は恋人を演じた方がいい」

「は、はいっ。面目ないっす」

「謝る必要はない。お前の歳なら、恋愛に興味を持つのは当然だ」

「……そうっすね。情けなく浮かれていました。自分もいつか恋を、って」

「なら、このまま街に繰り出そうか」

「え？」

「恋人役が僕なのは、申し訳ないがな。精一杯エスコートしてみせるよ。極上の時間にする。いつかお前が恐れることなく、再び恋の一歩を踏み出せるように」

ティアは昂揚していた。

「とうとう私の時代が来たわっ！」

恋文事件を解決した直後である。

結局、タリックは詐欺容疑で再逮捕された。彼の被害者が証拠をもとに警察に届け出たのである。不起訴処分にされた事件が再審理され、近く刑事裁判が開かれる見通しということだ。たとえ微罪処分で済んでも、彼は十を超える数の民事裁判を抱えていた。これまで泣き寝入りしていた被害者が、証拠が入った差出人不明の封筒が家に届いたことで、共同で彼に民事賠償を請求したのだ。タリックはしばらくまともな生活は送れないだろう。

この結果に『灯』の仲間はティアに賛辞を送った。タリックをサラに惚れさせた手腕は、さすが、という他ない。特にグレーテは「……師匠、一生ついていきます」と目を輝かせている。

ゆえにティアは、我が世が来たと言わんばかりに、どや顔を見せていた。

「私に任せなさい。グレーテ。今日こそ先生を堕とす計画ができたわ」

「……はい。ぜひお聞かせください」

「ふふっ、ついでに『降参』と言わせて、先生を負かしてみせましょう」

「……はい、これも訓練ですね」

「計画の肝はバニー服よ！」

「バニー……？　それは、どのような服なのでしょうか？」

グレーテの寝室にて、クラウスを打倒するための計画は練られていく。

その一方で——。

「ねぇ、クラウスさん」

「ん。なんだ、モニカ」

「実際のところ、どうなの？　ティアの色仕掛けが効かない理由」

「長くなるがいいか？　僕の心は、夕立終わりの夏の空の雲のように——」

「短くお願い」

「……ティアの色仕掛けは、まず心を読むことがスタートだからな」

「あぁ、クラウスさん相手には無理か」

「そういうことだ。結果、ティアは闇雲に仕掛けるしかなく——」

「従うグレーテも迷走している訳ね」

「……なぁ、僕は一体どう振る舞えばいいんだろうな。最近は過激になってきて対応に困るんだが」

「え、ボクに相談されても困る」

クラウスの心労も知らず、ティアの暴走は止まらない。

「……ま、まさか、そんな扇情的な衣装が開発されていたなんて」

「えぇ、私も一目見てビビッときたわ。先生を堕とすには、これしかない！」

「ですが、これを着るのは、さすがに緊張しますね……」

「安心して。私も隣で着るわ。先生は一発でノックアウトよ」

「ティア師匠……っ」

盛り上がった会話はしばらく続く。

――失敗したティアが「どうしてよぉ！」と泣き喚くまで、後一時間。

間章　インターバル①

廊下でアネットとエルナは『クラウスはアナタを愛している』という文章を前に固まっていた。やがてエルナは「の、のぉぉぉおおぉおぉ」と叫びながら、先ほどのリリィ同様に顔を真っ赤にさせて足をふらふらさせて廊下の彼方に消えていく。

一方アネットは冷静だった。

過去を思い出すように瞳を閉じて数秒、やがて、にかっと快活に笑って、

「俺様っ、悪質なデマだと思いますっ」

と真実に辿り着いた。理由は謎だが、彼女は満足したらしく厨房へ向かっていく。

厨房ではモニカがお湯を沸かしていた。紅茶を淹れているらしい。

「ねぇ、アネット」

モニカが尋ねる。

「さっきリリィとエルナが顔を真っ赤にさせて通り過ぎていったけど、何か知ってる？」

「俺様、その原因を持っていますっ」

アネットは告発文を掲げた。

「モニカの姉貴にお渡ししますっ。これを読めば全てが分かりますっ」

「ふぅん、どうも」

アネットはモニカに例のブツを手渡すと、厨房の戸棚に置かれたクッキーを、冷蔵庫から牛乳瓶を取り出すと、すぐに立ち去っていった。細かい説明はない。

厨房に一人残されたモニカは文書を読む――『クラウスはアナタを愛している』

「なにこれ……？」

露骨に顔をしかめる。

「……アネット、これ、ボク宛てなの？　……って、もういないじゃん」

モニカには文書の解釈の仕方が分からない。リリィたちは、クラウスがモニカを愛している事実に驚き、動揺しているのか。あるいは別の人に宛てた告発文なのか。

（……もしかしたら本当にボク宛？）

一瞬その可能性を考え「……くだらねぇ」と呟き、文書を調理台の上に置いた。

誤解四人目。

3章　case　エルナ

豪華客船エクレタヌクについて。

エクレタヌクは、ディン共和国が船籍を有する旅客船である。大戦直後にビュマル王国の船を参考に作られて、全長二百五十八メートル、速力二十三ノット、旅客定員は二千名を超える、共和国を代表する船だ。共和国から出港して一週間でムザイア合衆国のミータリオに辿り着ける。乗組員は千人近くおり、もはや小さな村がそのまま大海を移動しているようなスケールだ。

内部は、長い航海の中で乗客が退屈しないよう、様々な工夫が施されている。ダンスホール、ビリヤード台、読書室と多様な施設があり、レストランでは最新の厨房が設備されて、焼き立てのパンはもちろん、世界中の美食が堪能できる。

唯一の難点は高い乗船料だが、運営会社が大々的に新聞広告を打ったことにより予約は常に殺到していた。世界大戦が終わって十年が経ち、生活に少しの余裕をもった中間層が平和のうちに長旅を謳歌しようと、財産を投げ打っていく。月に一度の航海は毎回、満員となっている。

ここ数年でもっとも晴れた出港を迎えた日、船内には一風変わった乗客がいた。

一人の男性と八人の少女である。

彼らの身分はバラバラだ。三人は家具販売会社の社員を名乗り、一人はジャズミュージシャン志望、一人は女子大学生、一人は新聞記者見習い、残る三人はミータリオで暮らす親戚を訪ねる学生。

傍（はた）から見たら、何の共通点もない赤の他人同士。

寝室は別々であるし、レストランでも読書室でも談笑しない。昼間は、語学の勉強や運動室でのトレーニングなど思い思いに過ごしている。知り合いの素振りなど一切見せない。ただ彼女たちはすれ違い様、時折、周囲の誰にも気づかれないよう、こっそりと目配せをしあう。そして夜に、多くの乗客が眠りにつく中、音を立てることなく廊下を移動し、誰か一人の部屋に集まる。

航海二日目も、男性を除き、彼女らは一つの客室に集まっていた。

夜の帳（とばり）が下りた頃、狭い客室に八人の少女が輪を成し床に座っている。そして全員が腕を組み、真剣な表情を浮かべていた。空間はピリピリとした緊張感で満たされている。

中央にあるのは、五組のトランプ。

胸が大きな銀髪の少女が天井を指さし、高らかに叫ぶ。

「第一回ミータリオクイズ・神経衰弱たいかーいぃぃっ！」

「「「「「いえええええいっ‼」」」」」

彼らの正体は、諜報(ちょうほう)機関『灯(ともしび)』。

これから決戦の地に向かうスパイチームだった。

――ミータリオ決戦・移動中。
来るべき決戦の時がとうとう訪れた。国内で任務と支度とコンディション調整を終えた少女たちは、国を発(た)ち、『蛇』が潜伏するムザイア合衆国へ移動をしていた。
強敵との決戦が近づく予感に、彼女たちは道中でも気を抜けなかった。
船内と言えど、国外には変わりないのだ。彼女たちは既に別の肩書を名乗り、偽(にせ)のパスポートで乗船している。スパイということを周囲に気取(けど)られてはならない。慎重に行動しなくてはならなかった。

　また、その上で残された時間は訓練に励む必要がある。ただでさえ実力不足は否めない。一週間の航海期間を無為にはできなかった。任務地の知識を多く蓄え、筋力をつけ、船内でできる訓練は行う必要があった。

　ただ、その方法には——ほんの少し遊びが含まれていた。

『1位モニカ・エルナ　108枚
2位リリィ・ティア　82枚
3位グレーテ・サラ　68枚
4位アネット・ジビア　2枚』

「俺様、二度とジビアの姉貴と組みたくないですっ！」

「いや、ホント悪いマジごめん謝るって。売店でアイスクリーム買ってくるから、な？」

　頬を膨らませるアネットに、ジビアが何度も手を合わせて頭を下げている。

神経衰弱でビリのペアだった。

任務地の法律や文化などの問題文が書かれたカードとその答えとなるカードを当てるという特殊な神経衰弱だった。記憶力や判断力が試されるゲームである。くじ引きで決まった二人がチームを組み、交代でカードを取るというルールだったが、ジビアがそもそも問題文の言語を読めないことが発覚。辞書を片手に挑戦するお粗末なプレイをして、記憶力抜群のアネットが足を引っ張られ敗北した。

「ねぇ、スパイが任務地の言語をまだ覚えてないとか、舐めてんの？」

モニカもまたジビアに白い眼を向けている。

「い、いやぁ」ジビアが恥ずかしそうに頭を掻いた。「ここ最近、射撃とか格闘とか潜入とか、そっちに励んでいて、なぁ？　モニカだって一緒に訓練しただろ？」

「言語くらい当然覚えていると思ったんだよ！」

「大丈夫、聞けるし話せる。ただ読み書きが少し苦手で……」

「キミの肩書は新聞記者なんだけどねぇ？」

「俺様、ジビアの姉貴の暗記が捗るよう、電流マシーンを作りますっ」

「やりすぎじゃねっ⁉」

モニカとアネットから批難を受けるジビア。

そして騒がしい三人の横を、ある少女が勝ち誇った顔で歩いていった。

モニカと組み、神経衰弱大会で優勝を果たした――エルナである。

（エルナ、しっかり活躍できたの）

優秀なモニカと組めたことも大きな勝因だが、エルナもまたしっかり勝利に貢献した。

彼女は上機嫌な心地で、自身へご褒美を買おうと船内の廊下に向かう。

――今回エルナは豪華客船エクレタヌクにて、奇跡を起こすことになる。

だが、その事実をまだ知る由もない。

エルナは船内の談話室でホットココアを飲みながら、一息ついていた。

時刻は〇時を回っている。夜間にも拘わらず、なかなかに混み合っていた。絨毯が敷かれた空間には、ふかふかとした革張りのソファが何十脚も並べられているが、その半分以上が埋まっている。皆、豪華な内装に気分が高まり、眠れないのだろう。一生に一度の旅として乗船している人もいるはずだ。酒を飲み、観光ガイドを広げて語らっている。共通しているのは、楽しそうな笑顔を浮かべていることだ。

一方、エルナはすっかり眠たくなっていた。

普段ならば、とっくに就寝している時間である。すぐにベッドに埋まりたいが、現在客室ではモニカとアネットがジビアに説教を続けている。談話室の隅でぼんやりとココアを飲んで、時間を潰すのがいい。

(ここ最近はずっと訓練が続いていたから疲れてるの)

柔らかな甘みのココアを飲みながら、大きく息を吐いた。

任務に備えて、いつも以上に張り切り、つい睡眠時間を削りがちになってしまった。これは身体に良くない。本格的に任務が始まれば、更なる過酷な日々に晒される。

ただ、それほどまでに追い込まねばならない事情があった。

——エルナは養成学校の落ちこぼれだ。

コミュニケーションが苦手で、かなり人見知りをする。スパイの任務には当然対人スキルが求められるが、それをエルナは致命的に欠いていた。筆記試験の成績は良くても、実地試験では成果が出せず、特にチームワークを要する場では足を引っ張り続けていた。

だから『灯』の訓練では、連携に取り組んだ。

自身の体質——不幸体質をどう周りに役立てるのか、必死で考え続けた。アネットやサラという仲間に相談し、積極的にコミュニケーションを取ろうと試みた。

そして、その成果がとうとう試されようとしている。

(でも、ちょっぴり追い込みすぎて、眠たいの……)

鍛錬に真面目に取り組んだ証でもある、心地よい疲れだった。

だから、ソファに深く座り込んだエルナがうつらうつらとしていると——。

「あーぁ、もう無理よぉ。達成できる訳がないよぉ！」

隣から女性の声が聞こえてきた。

「無理無理無理、もう意味わかんない。頑張ってきたけど、なんでこんな目に……ハッ！　もう逃げちゃう？　うん、そうよ！　逃げちゃえばいいのよ！」

大きな独り言だった。

何かを嘆いているらしい。パニックになっているのか、心情をそのまま口に出している。声から焦燥の情が伝わってきて、エルナはうまく眠れない。

「の……？」

目を開けて、隣のソファを見ると、もう女性の姿はなかった。どこかへ行ってしまったようだ。

——あの女性は何を悩んでいたのか。

ぼうっとした頭で考えていると、ソファに化粧ポーチが置かれているのを発見した。

「……ん、忘れ物？　なの」

女性が忘れていったらしい。

乗組員に渡しておこう、とポーチを手に取る。すると、それが妙に重たいことに気が付いた。覚えのある重量だ。

嫌な予感を抱き、エルナはすかさず中身を確認する。

拳銃が入っていた。38口径のリボルバー。一般人の女性が持ち歩く代物ではない。

——明らかにマズイものだ。

拳銃と同じ場所には、ある文書が折り畳まれていた。文書の冒頭には、几帳面(きちょうめん)な字で次のように記されている。

『「太陽に傅(かしず)く団」客船エクレタヌク・シージャック計画書』

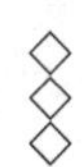

エルナはすかさずボスであるクラウスのもとに向かった。

長身長髪の美しい男性である。まるで女性と見間違えるほど整った容姿の彼は、遊戯室で乗客相手にポーカーを行っていた。勝ちすぎず負けすぎずの成績を維持しながら、上流階級らしき人間に取り入り、任務の地の噂を集めている。

エルナが緊急事態のハンドサインを送ると、すぐに彼は危機を察したようだ。滞りなくポーカーを切り上げ、客船のデッキに少女たちを集める。夜の甲板にはいくつもの暗がりがあり、潜む場所に適していた。巨大な排気筒の裏で『灯』のメンバーは集まった。

クラウスはエルナが差し出した計画書を速読し「これはまずいな」と結論を出した。

「かなり大々的な計画だ。もしこの計画書通りの重火器や人員が用意されていれば、この客船を乗っ取ることもできるかもしれない」

もしそんなことが実現してしまえば、犠牲者は出るだろうし、クラウスたちの任務にも影響が出かねない。

グレーテが手を挙げた。

「この『太陽に傅く団』というのは、どのような組織なのでしょう……？」

「僕も一度耳にしたことがあるだけだ。小さな新興宗教団体と聞いていたが、まさかこんな豪華客船を乗っ取るような勢力に成長していたとはな」

クラウスは改めて計画書に視線を落とした。

「どうやら時間は残されていないようだ。決行は明朝の日の出らしい」

少女たちは息を呑んだ。

もうシージャック決行まで五時間を切っている。

すぐに止めなければならないが、計画書に記されているのは人員と武器、決行日時だけだ。この船内に百人以上の教徒が潜んでいるらしいが、どの乗客が『太陽に傅く団』の教徒なのかは判断がつかない。スタッフを含めれば、乗員は三千人以上いるのだ。

――相手は正体不明の新興宗教団体。

由々しき事態に緊張感が満ちるが――。

「大丈夫です」

この窮地において、むしろ好戦的な笑みを浮かべる少女がいた。

リリィだった。

「ちょうどいいじゃないですか。この後の任務の肩慣らしですよ。さくっと片付けちゃいましょう」

「そうだな、このまま見過ごす訳にもいかないだろう」

クラウスは頷いた。

「緊急任務だ。僕も参加する。全員で船内を調べ上げ、シージャックを阻止しよう。余計な混乱を起こさず、隠密に処理しろ。成長したお前たちの実力を存分に発揮しろ」

その指示と同時に、八人の少女たちは一斉に散開した。

隠れて情報を集めることは、彼女たちの得意とするところだ。船内でパニックが起きる前に、首謀者を捕まえて決行を阻止することが条件。難しいが、臆することはない。

メンバー全員の胸には、クラウスの言葉が響いていた。

――自身の成長を見せる時が来た。

国内で任務と訓練を重ね、彼女たちは再び海外でスパイ活動に臨もうとしている。リリィの言う通り、肩慣らしにはちょうどいい。

少女たちは分担を定めると、船内を歩き回り始めた。次に彼女たちが集まるのは、情報を奪い取ってきてからだ。

窃盗の達人・ジビアは、乗組員からカギを盗み、スタッフルームに忍び込んでいく。無数の動物を操るサラは犬の嗅覚を用いて重火器を探す。変装のスペシャリスト・グレーテは乗組員になりすまし、客室の様子を見て回る。工作が得意なアネットは、配管に模した盗聴器を廊下に仕掛けていく。

そしてエルナは誘拐される。

◇◇◇

今回、彼らは大きく二つに分かれ、シージャック計画を追う。

一方は、クラウス率いる『灯』メンバー。

その中でも、真っ先に活躍を見せたのは、ボスであるクラウス。彼はリリィと共に一等客室が並ぶ廊下を歩いていたが、唐突に立ち止まった。

既に深夜となり、さほど人は歩いていない。このフロアは静かな旅行を楽しみたい上流階層が占めているのだろう。油絵が飾られている廊下には、一人のスタッフが配膳車でビールを運んでいるだけだ。

三十半ばであろう男性スタッフは、クラウスたちに頭を下げ、通り過ぎようとする。

クラウスは唐突にその男性スタッフの首を右手で摑んだ。

「お前は、シージャックについて何か知っているな?」

氷のように冷たい声だった。

「な、なんで自分が知っていると……?」スタッフは目を丸くする。

「なんとなくだ」

素っ気ない答えを告げ、クラウスは右手に力を込めた。

スタッフは悔しそうに顔を歪めた。彼は『太陽に傅く団』の教徒らしい。

「わ、我々の結束は固く、決して情報は吐きませんっ」

「そうか。あまり痛めつけるのは趣味ではないのだがな」

クラウスは左手で懐から、そっとナイフを取り出した。

もちろんただの脅しだったが、一般人を怯えさせるには十分だった。相手は眉を曲げ、泣きそうな顔になる。

「え、X様の完璧な計画に泥を塗る訳にはいきません……っ」

「X？　そいつが今回の立案者か？」

「大導師様が信頼する四人衆の一人です。これ以上はどんなに脅したって、情報を吐きませんよ。X様の正体は、私も知りません。誰の前にも姿を現さない、天才策略家ですから。我々がここまで大きくなれたのは、すべてX様のおかげ……！」

彼が苦しそうに言葉を紡ぐと、クラウスはすぐさまに相手を解放した。床に座り込む相手を冷ややかな目で見つめ、リリィに言葉をかける。

「リリィ、コイツを眠らせておけ」

「はい、了解しました」

「そして他の仲間に伝えてくれ。今回の首謀者は大導師様とやらと、Xという人物だ」

青年を捕縛し、物置に押し込むと、クラウスは次の教徒を探しに向かう。

似たような光景は船内の所々で繰り広げられていた。

『灯』のメンバーは、外側からじわじわと『太陽に傅く団』に迫っていく。


そして、もう一方――。

エルナは化粧ポーチを抱えながら船内を歩き回っていた。

（まず、このポーチを持っていたお姉さんを探すの）

しっかり姿を見ていないが、声は聞いている。事情を知っているであろう彼女を見つけ出すことが、事件解決への早道だった。ポーチが相手に見えるように歩いていれば、相手は何かリアクションをするだろう。

エルナは身体の上に目立つようにポーチを掲げ、船内を歩いていた。

すると――不幸の予兆を感じる。

鼻に強烈なにおいを感じ取る。咄嗟に避けようとするが、不可能だった。廊下の横から五人ほどの男がエルナに飛び掛かってきたのだ。優れた反射神経で反応こそすれど、狭い船内では逃げようがない。

男たちに身体を捕まえられると、エルナは担ぎ上げられた。

「の？　のぉぉおぉおぉ!?」

悲鳴を上げるが、なす術もない。

そのままエルナは誘拐される。

訳が分からぬままに連れ込まれたのは、リネン室だった。大量のシーツや毛布などが格納されている。

担ぎ上げられたエルナは、新品が積まれた場所へ丁寧に降ろされた。ふかふかの座り心地を味わい、清潔な石鹸の匂いを感じる。

どうやら相手は暴行を加える気はないらしい。

灰色のジャケットを纏った男たちが五人、エルナの前に並んでいた。

「ご無礼をすみません。あの場では少々目立ちましたので」

「……？」

「その目印のポーチ……あぁ！　ようやくお会いできました。光栄ですっ」

男たちは、感極まったという様子で跪いた。なぜか目元が潤んでいる。

そして訳が分からないエルナに向かって、恭しく頭を下げる。

「X様！　どうか我々『太陽に傅く団』にお知恵を授けてください」

「……の？」

どうやら大きな行き違いが発生しているようだった。

かくしてエルナは内部から『太陽に傅く団』を探っていくことになる。

屈強な男たちに誘導されながら、エルナは焦っていた。

（なんだかとんでもないことになってきたの……）

彼らはエルナがXという人物であると信じて疑っていない。敬愛する人物に会えたことが嬉しいのか、興奮した様子でエルナに話しかけてくる。

彼らの話から事態を推測するにどうやら次のようになるらしい。

――『太陽に傅く団』は、『大導師様』という高齢の男性を中心とした小さな宗教団体だった。だが、Xを名乗る人物が加入したことで急速に組織は拡大していった。陸軍や警察の取り締まり対策のため、Xは決して表舞台に出てこず、教団へ手紙で指示を寄越すのみ。その運営能力は凄まじく、『太陽に傅く団』が悲願を叶える寸前まで導いた。そして計画は最終段階となり、Xはとうとう教徒の前に姿を現す予定であった。あのポーチが合流の目印だった。

教徒たちは早口で語り続けている。

「まさかX様がこんな小さな女性だったなんて。合流できて本当によかったです。現在、大導師様の体調が優れず、我々も不安でして……」

よほどXは信頼がおかれていた人物のようだ。合流するだけで、これほどの安心感をもたらしているとは。

「な、なの……」

対してエルナは曖昧に頷くことしかできなかった。

「ん？」

そこで教徒の一人が訝しげな顔をした。

「どうされましたか？　まさか、我々は何か過ちを……」

曇った表情のエルナを不審に思ったらしい。不安と疑惑が宿る声をぶつけてくる。

誤解している——その事実を伝えようと思ったが、寸前でエルナは堪（こら）えた。

（いや！　これはとんでもないチャンスかもしれないの！）

偶然にもターゲットである宗教団体に接近することができた。利用しない手はない。このままXを名乗れば、多くの情報を得られるはずだ。

それに情報を整理すれば、ある結論にたどり着ける。

——本物のXは逃走したのだ。

化粧のポーチを持っていた女性は『逃げちゃえばいいのよ！』と喚（わめ）いていた気がする。

彼女は土壇場（どたんば）で怯えて、役目を放棄したのだろう。

ならば、自分が成り代わってもバレないはずだ。

不安要素は自分のコミュニケーション能力だが、それは無視する。クラウスに言われた通り、今こそ成長を見せる時だ。人見知りを乗り越えるのだ。

（完璧に潜入調査をこなしてみせるの！）

意気込んで、エルナは声を張った。

「いや、Xなの。自分は紛れもなくX様なの！」

「は、はい！　あの……大変失礼なのですが、お名前を教えていただけますでしょうか？

このままコードネームで呼び続けるのも……」

「エルーナなの」

「エルーナ様ですね。もうじき作戦本部に着きます、しばしご足労を」

偽名を名乗り、エルナは堂々と胸を張った。

「その前に、大導師様はどこにいるの？」

「はい、大導師様も作戦本部におられます。ただ今はお身体の調子が悪いようで、お休みになられており……」

「こんなこともあろうかと、さっき腕のいい医者と知り合ったの。２９０３号室にいるクラウスという男なの。すぐ呼びつけるの」

「さすがですっ！　もしかして中々合流できなかったのは――」

「客船内で更なる協力者を募っていたの。とてもたくさん集まったの。必要とあらば、毒の達人や工作の達人でも、ワンコールで呼び出せるの」

「エルーナ様ぁっ‼」

「もっと称えるといいの」

状況を利用して、仲間を内部に引き込む手はずを整える。後はクラウスが作戦本部を訪れるまで時間を稼げばいい。クラウスは自分の功績を褒めてくれるだろう。

教徒たちはすっかりエルナに心酔しているようで、疑う様子もない。

――我ながら素晴らしい潜入スパイである。

このまま彼らを従えて、作戦本部まで潜り込もうではないか。

すっかり上機嫌で通路を進んでいると、教徒たちはスタッフ用の通路を入っていった。

どうやら豪華客船のスタッフにも教徒がいるらしい。客室用とは全く違う、物置棚が並ぶ通路を歩いていくと『大倉庫』と記された、大きな部屋が見えてきた。

金属製の扉の向こうからは、人の話し声が聞こえてくる。

なるほど、ここが『太陽に傅く団』の作戦本部のようだ。

エルナが大きく一歩を踏み出そうとする。そこで、教徒に声をかけられた。

「さ、エルーナ様」

「の？」

「入室のダンスをお踊りください。エルーナ様といえど、決まりですので」

「…………………」

一体なんだ、それは。

まったく謎の儀式に身体が硬直した。

「だ、誰が一体こんな面倒な制度を作ったの……？」

「エルーナ様自身では？」

教徒にキョトンとされてしまった。すると、教徒が不思議そうな眼でエルナを見つめてきた。疑われているのかもしれない。

（まずい……まったく分からないの）

Xとやらは、なぜこんなルールを作ったのか。

だが、もう後には引けなかった。

（いや、考えるのっ！　この場に相応しいダンスを！）

自分には、スパイとして鍛えた観察眼と蓄えた知識がある。それを発揮すれば、正しい答えを導けるはずだ。

（教徒たちはラフなジャケット姿……特別な衣装は不要。狭い通路でもできるなら、大きな移動は不要、音楽も必要ない……これはムザイア合衆国行きの船……豪華客船を狙ったのなら、きっと上流階層への反発があるの……）

思考を巡らせば、答えは弾き出せた。

合衆国南部で生まれた、楽器を禁じられた奴隷たちのステップを祖とするダンス。

――タップダンスだ！

エルナは踵と床を打ち鳴らし、跳ぶようなステップを踏み始めた。

タンタタン、タタンタンタンと軽快に音を鳴らしてビートを刻む。時にその場で手を打ち鳴らし音で盛り上げ、ラストにクルッとターンを決めてみせ――。

「エルーナ様、入室のダンスは人指し指を十字に振るだけで十分です」

「先に言ってほしかったのっ！」

悲鳴をあげるエルナ。

案外あっさり教えてくれた事実に戸惑いつつ、コホンと咳ばらいをする。

「ちょ、ちょっと忘れてしまっただけなの……」

「そうでしたね、エルーナ様は普段、集会に参加されなかったですものね」

申し訳なさそうに教徒は頭を下げた。

「では次に、入室のソングを――」

「儀式が多いのっ？」

「これが楽譜です」

教徒がすっと楽譜を差し出してきた。

曲は二番までビッシリと歌詞が綴られている。どうやら歌い切らなければ作戦本部に入室できないようだ。

覚悟を決め、大きく息を吸った。

「あぁ～、我らが誇ら～しき～、そ～らの炎は～♪　怒りにわななき～、希望の～海さえ～燃やしつく～そ～♪　まるで～、回て～んする～♪　勇気♪　勇気♪　勇――」

「エルーナ様、入室のソングは心の中で歌えば十分です」

「早く止めろなの！」

大分歌ったところで止められて、エルナは楽譜を床に叩(たた)きつける。

一体どんな気持ちで彼らはエルナの熱唱を聞いていたのか。

もう顔が熱くなってきた。プルプルと膝が震えだしてくる。

「だ、大丈夫ですか？　さぁ、それでは入室してください。作戦本部はエルーナ様の到着を今か今かとお待ちしております」

優しげな視線を向けてくる教徒たち。

しかし、それどころではなかった。

「そ、それより医者は呼んだの……？」

「え？」

「一刻を争う事態なの！　２９０３号室のクラウス先生を今すぐ呼んでくるのぉっ‼」

自分だけでは潜入は無理だと判断。

もう限界が見えてきた。いくつもボロが出ている。

なにより、こんな謎ルールばかりの教団に一秒たりとも長居したくない。

「ご安心を。今、使いの者が向かっています」

「なら、その到着まで待つの！」

「なりません。エルーナ様には一刻も早く作戦会議に加わってもらわなければ」

「無理なの！　メンタルが折れてるのっ！」

「これ以上は待てません。さぁ、エルーナ様。ここまで来たからには縛ってでも尽力してもらいますよ。全ては我々の悲願を成就させるために」

「いーやーなーのっ！」

悲鳴をあげるエルナに構わず、意固地になった教徒たちは再びエルナを担ぎ上げた。助けを求めるエルナの声が外へ届く前に、エルナは『太陽に傅く団』の作戦本部へ連れ込まれていった。

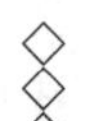

一方その頃、少女たちを率いるクラウス側――。
クラウスは幾人かの教徒を見つけ出し尋問したが、相手は計画の詳細を知らない者ばか

りだった。Xは情報統制を行い、漏洩に備えていたようだ。中々に難しい。他の少女が情報を持ち帰っているかもしれない、と判断し、クラウスは一度自室に戻ることにした。

自室の前では、灰色のジャケットを着た男性が昏倒していた。

傍らでは、ジビアが困ったような顔で頭を掻いている。

「やっちまった……なんか2903号室の周囲をウロチョロしているから、捕まえようとしたら、途端に暴れてさ。つい気絶させちまったよ」

「2903号室……僕の部屋でか？」

「医者がどうとか言っていたぜ？」

訳が分からず、その場にいるクラウス、リリィ、ジビアが首を傾げる。

情報を得られなかった点は痛いが、咄嗟の危機に対応したジビアに非はないだろう。

クラウスは倒れ伏す男を見て、少し考える。

（おかしい……こんな大規模なシージャックを仕掛けるなら、大量の重火器や鍛え上げられた工作員が必要のはず……妙にズレがあるな。そもそも今の今まで僕が気づけなかった時点で、何かが妙なんだ）

印象だけで判断するのなら――。

（……計画だけは万全なのに、肝心の中身がスカスカのように）

もしかしたら『太陽に傅く団』の認識に誤解があるのかもしれない。万が一のためにシージャックを食い止めるという方針には違いないのだが。

クラウスが考えていると、そこで新たな少女が戻ってきた。

「やぁ、情報を持っていそうな奴を捕まえてきたよ」「あ、お疲れ様っす」

モニカとサラである。一人の女性を挟むように連行している。

彼女たちが連れてきたのは、おかっぱの髪で、メガネをかけた大人しそうな女性だった。三十代前半といった年齢だろう。ハンカチを握りしめながら震えている。

「サラの仔犬が反応した。あの化粧ポーチの持ち主だよ」

モニカがつまらなそうに吐き捨てた。サラのペットである黒の仔犬は、嬉しそうに女性の頭に乗ってしっぽを振っている。

クラウスは女性の顔に見覚えがあった。

「……元・陸軍参謀部のパウリーネ准尉だな」

パウリーネは目を丸くした。

「わ、わたしのことを知っているんですか？」

「記憶している。大戦時は下位階級ながらも撤退戦で優秀な成果を見せたと聞いていたが、そうか、不倫がバレてクビになったのだったな」

「アナタたち何者……?」

質問に答える義理はなかった。

記憶を思い起こす。パウリーネ＝カラック。現役時代はかなり優秀で、将来を嘱望された若手だったらしい。物資の調達から運搬まで彼女が指揮をとっていた。

クラウスは頷いた。

「なるほど、お前がXか」

「っ！　わ、わたしは――」

パウリーネは苦しそうに顔を歪めた。

ハンカチを握ったまま、キッと睨みつけてくる。

「もう放棄しました。こ、怖くなったんです。わたしはもうXでも、『太陽に傅く団』の幹部なんかでも、ありませんっ。アイツらのことなんて、知りません……っ」

「随分と勝手な言い草だな」

「あ、遊び半分で付き合っただけです。陸軍を追い出されて、ムカムカしたところに小さな宗教団体を見つけて、ゲーム感覚で成長させてやっただけですよ……！　ちょっとサポートしたら褒めてくれるから、気分がよくなって、つい」

クラウスから視線を外して、吐き捨てる。

「あそこの信者たちは頭がどうかしているんです。負け犬が集まってバカみたい……」

パウリーネの後ろで、ジビアが小さく舌打ちした。

その不愉快な気持ちは、この場の全員が共感していた。

どうやら小さな宗教団体がシージャックを決行するまで肥大化したのは、このパウリーネの出来心が原因らしい。優秀な分タチが悪い。自身はいつでも逃げられるように正体を隠して、混乱に陥る船内を眺めている気だったのだろう。無責任すぎる。

クラウスはパウリーネを見つめた。

「で？　この『太陽に傅く団』の目的はなんだ？」

「どうせ言っても理解できませんよ。バカみたいですから」

彼女はせせら笑った。

「――集団自殺です」

作戦本部となっていた倉庫は、かなり広々としていた。

本来は非常食や救命胴衣などが入っていた空間らしい。それらしきものが置かれていた形跡はあるが空っぽとなっている。倉庫を照らす大きな照明が寂し気に吊るされている。

なるほど、とエルナは思った。

確かに非常食が格納された倉庫ならば、普段人が出入りすることはないだろう。そして三千人もの人間を乗船させるエクレタヌクが非常食を積んでいなければ、かなり大きなスペースが生まれるという訳だ。

既に五十名近くの教徒が集まっているが、まだゆとりがある。船底に近いため、窓はなかった。教徒たちは照明の下、客船の地図を広げて議論を交わしていた。

そしてエルナはすぐに悟った。

(あれ……思っていた雰囲気と違うの？)

シージャックを決行するくらいだから、屈強な武闘派集団だと思っていた。だが作戦本部にいるのは、半分近くが女性だ。中には老女とも言えるほどの歳の人物や、赤子を抱えている人物がいる。

男性もいるが、彼らも一様に頼りなかった。松葉杖をついている人もいれば、力なく項垂れている少年もいる。とてもではないが戦闘ができるとは思えない。

倉庫の奥には、火器が積まれていた。見えるのは、型落ちの拳銃が三十丁程度のみ。

(こんなの、シージャックなんて成功できる訳がないの……！)

計画書と全く異なっている。

ショットガンもサブマシンガンもなく、シージャックなど成し遂げられる訳がない。エクレタヌクの中には、武装した警備員も常駐しているのだ。即座に返り討ちに遭って、逮捕されるのがオチだ。

エルナが唖然としていると、教徒の一人が声をかけてきた。

「エルーナ様、先に大導師様の元へ。呼んでおられます」

「の」

こんなにあっさり対面できるとは思わなかった。

だが断る理由もない。エルナは大導師と会うことにした。緊張はあるが、この違和感は大導師と会わねば解決しないだろう。

倉庫の隅には衝立が置かれており、それを回り込むと、大きなベッドが見えた。ベッドの周囲では、教徒たちが不安そうに両手を組み、祈りを捧げている。大導師の容態は重いようだ。

ベッドに近づくと、しゃがれ声が聞こえてきた。

「おぉ、アナタがX……いえ、エルーナさんでしたね」

老人の男性の声だった。

ベッドの上には、高齢の男性が身体を起こして座っていた。とても宗教団体のトップには見えない。灰色のガウンから伸びるのは、枯れ枝のような細い手足。その皺だらけの顔は優し気だが、あまりに生気がない。

彼が大導師なのだろう。エルナに親し気な笑みを向けている。

「こんな姿で申し訳ありません。わざわざお越しいただき、ありがとうございました。ちっぽけな団体だった我々がここまで大きくなれたのは、全てエルーナさんのおかげです」

「い、いえ、大導師様の功績あってこそなの」

まさか本物のXは逃げ出したとは言えない。

大導師はエルナの嘘には気づかず、恭しい態度で言葉をかけてくる。

「いえいえ、私も驚いております。まさか同志がこんなに集まるなんて。自殺はもはや現代の希望ですね」

「の？」

思わぬ単語が飛び出た。

自殺――？

唖然とするエルナをよそに、大導師は語り続ける。

「思えば、最初は小さな組織でした。大戦で家族を亡くした者たちが慰め合う集会。しかし噂が噂を呼び、人は増えた。終戦後の混乱期にギャングに夫を殺された妻、毒ガス兵器の後遺症で失明した少年、軍人として国のため奉仕したがバッシングを受けて心を病んだ青年、砲火を浴び故郷を失った女性……戦争の混乱で、悲劇に見舞われ、信頼する者に裏切られ、あらゆる希望を失った者たちが、共通の目的のために集まったのです」

「………」

「我々の望みはただ一つ——絶望の世界から逃れ、せめて太陽の下で華々しく死にたい」

大導師はエルナの手を、両手で包むように握りこんだ。

「南極の地で集団自殺——その悲願がエルーナさんのおかげで叶います。アナタには感謝してもしきれません」

「……っ」

ようやく、この『太陽に傅く団』の全容が見えてきた。

成功の望みのないシージャックが決行される理由も納得だ。既に彼らは人生を放棄している。現実をまともに見れていない。仮に失敗に終わろうとも、それでも構わないと思っている教徒なのだ。

——世界は痛みに満ちている。

終戦から十年が経ち、少しずつ世界は傷が癒えようとしている。しかし、戦争の被害や混乱から立ち直れない者も多くいる。ここに集まっているのは、その果てに人生に疲れた者たちなのだ。

絶望し人生を諦めた彼らにとって、唯一の希望は——美しい最期。

それが『太陽に傅く団』の真実だ。

「もう限界だぁ！」

その時、エルナの背後から男性の声が聞こえてきた。

「早く死なせてくれよぉ！　大導師様、こんな人生早く終わりにさせてくれえぇぇぇ！」

自傷行為の跡が生々しい青年が叫んでいた。彼もまた戦争による被災で、メンタルを崩してしまったのだろう。

「トーマス君」

大導師が辛そうに立ち上がり、言葉をかけている。

「もうしばし、お待ちください。今、エルーナさんがシージャックを成功させる秘策を授けてくれます」

「バカを言うな！　こんなガキがX様の訳がないだろうっ！」

トーマスと呼ばれた青年は喚き続けた。

その彼の発言で他の教徒たちは一斉にエルナを見た。まるで夢から覚めるように、彼らの顔がさっと青くなる。気づき始めたらしい。エルナがXではない、と。

悲観的なムードが大倉庫に充満する。

トーマスは声を張り上げた。

「X様はガキを身代わりにして、俺たちを見捨てたんだ！　どうせ無理だ。暴れて結局捕まって、自殺もできずに牢獄で息絶えるくらいなら！」

喚く彼は懐から拳銃を取り出した。

「ここで人を殺しまくって、死んでやるうううううぅ！」

自暴自棄になっている。

トーマスはその銃口を大導師に向けた。即座にエルナは大導師の服を引っ張り、一緒に床に倒れこむ。

銃弾は大導師を外し、壁を跳ね返り、天井の照明にぶつかった。耳をつんざくような金属音が鳴る。

教徒たちが悲鳴をあげて逃げ惑う中、エルナはトーマスに向かって駆けた。

正面から突撃してくるエルナに、トーマスは戸惑ったらしい。再び発砲する。が、銃弾は見当違いの方向へ飛ぶ。死地に自ら飛び込もうとするエルナに圧倒されたのか、彼は慌てて後ろへ下がり始めた。

トーマスを目的の場所まで追い込むと、エルナは呟いた。

「コードネーム『愚人』――尽くし殺す時間なの」

天井の照明が落ちる。二人の頭上へ。

エルナには特技がある――自身の不幸体質を最大限に活かした攻撃手段。己の不幸に相手を巻き込む、道具も使わずに相手を倒す最強の暗殺能力。

大倉庫を隅々まで照らす、人の頭ほどの大きさのライトが墜落する。エルナは紙一重でかわすが、トーマスは逃げられない。

照明が床に激突する大きな音が響いた。

照明はトーマスの肩口を掠めるに留まったが、その戦意を奪うには十分だった。

「うぅっ、また失敗した……」

銃を取り落とし、トーマスは床にへたり込む。

「なんでっ！　俺はいつもこうなんだ！　何かしようとすれば不幸に遭って、何もかもがうまくいかなくてっ……！　どいつもこいつも俺を見下しているんだ。チクショウ……チクショウ……チクショウウウウゥゥっ‼」

悔しそうに彼は床を強く殴りつけている。ゴッゴッ、と生々しく鈍い音が響いた。

教徒たちはそのトーマスの様子を見つめている。彼の悲鳴に共鳴するように目に涙をため、唇を噛みしめている。

やがてトーマスの手の皮がめくれ、血が滲み始めた。しかし、彼は床を殴る動作をやめようとしない。そうしなくては生きていけないのだ、と訴えるように。

そのトーマスの手を握り、彼の自傷行為を止めたのは――エルナだった。

「わかるの」

彼女自身もなぜ自分が動いているのか、分からない。

しかし、言葉を紡ぐのは彼女にとって自然なことだった。

「エルナもそうなの。家族も亡って、いつも不幸に見舞われて、泣きたくなって……けれど、いつの日かホッとするようになったの……危険な目に遭うと、人生でうまくいかなくても仕方ないのって……でも、本当はそんな自分が大嫌いで、やっぱり落ち込むの」

エルナの不幸体質――実は、これは正確な表現ではない。

彼女を診断した精神科医いわく、自罰体質らしい。火災により家族を亡い、自分だけが助かって、自分だけが生きているのはズルいと妄執に囚われた。無意識に破滅を求めた。悲劇のヒロインでいる間は心を安らげた。

だからこそ、彼らの気持ちが痛いほどわかる。

安心できるのだ。破滅に向かった時、人はありとあらゆる責任を放棄できる。現実を見なくて済む。背負っている役割を脱ぎ捨てることができる。

いるのだ——破滅を求める人間は。

万人に理解されなくても、確かに存在するのだ。

誰にも共感されずとも、エルナは知っている。

自己嫌悪のループに苛まれながら、少しずつ悲劇へ足を踏み出す心を。

そして、だからこそ言葉を紡がなければならなかった。

「けれど、こうして生きているの」

エルナは口にした。

「月並みな言い方だけど、生きてさえいれば、いつか幸せになれるって信じているの。それまで恥を晒して、失敗を重ねてでも、生き延びてやるの」

だからスパイの世界へ身を投じた。

この自罰体質の中に一縷の希望を見出し、誰かの役に立とうと決意した。

そして、温かな仲間や自身を受け入れてくれるボスとも出会えた。孤立した養成学校を仮卒業し、望みが叶うあと一歩のところまで来られた。

「だから……」

——自殺なんてやめてほしい。

その一言をエルナが紡ごうとした。

しかし、背後から教徒の絶叫が響き、言葉は遮られる。

断末魔の叫びのような悲鳴。

「大変ですっ！　大導師様のご容態が――」

クラウスたちは、パウリーネから事情聴取を続けていた。

『太陽に傅く団』の目的は集団自殺。彼らがその終焉の地として定めたのが、南極だった。文明社会に疲れた彼らからすれば、そこが楽園なのだろう。メンバー全員で南極大陸まで辿り着くために、彼らはこの豪華客船を乗っ取ろうと試みた。

そう説明した後、パウリーネは「ホント愚かですよね。もう意味が分からなすぎて笑っちゃう」と嘲るように呟いた。

「確かに僕には理解しがたいが」

クラウスは首を横に振った。

「そう思ってしまう程の切実な事情があるのならば、愚弄したくはないな」

「綺麗事ですよ。本当はばかばかしいと思ってるくせに」

パウリーネは悔しそうに顔を歪めた。

「わたしだって止められたらって思いましたよ。でなきゃ船には来ません。けれど、無理なんです。手に負えないんです。止められないなら見捨てるしかないじゃないですか」

「………」

「運命なんですよ。負け犬ばかりの宗教団体を待ち受ける、覆らない不可能なんです」

「不可能をお前が決めるな」

クラウスはパウリーネから視線を外す。

もう十分な情報は引き出した。

ここにいるメンバー――リリィ、ジビア、モニカ、サラに声をかける。

「計画を止めるぞ。どんな信念だろうと彼らの悲願を叶えさせる訳にはいかない」

どんな哲学があろうと、クラウスの倫理観ではやはり自殺は認められなかった。シージャックなど論外だ。

ディン共和国の国民は、『焔』が命を懸けて守り抜いた存在だ。たとえ当の本人であろうと命を奪わせる訳にはいかない。

クラウスは船内の階下に向かって、歩き始めた。少女たちも後に続く。

「もう大導師がいる場所はわかったんですか？」リリィが尋ねてきた。

「なんとなくな」

推測できるデータはもう集まった。後はスパイとして鍛え上げた直感が導いてくれる。

「アイツはどうする？」ジビアが尋ねてきた。「パウリーネ元准尉」

「放っておけ」クラウスはにべもなく答える。「相手にする価値もない」

彼らはスタッフ用の通路を抜け、物置棚が並ぶ細い通路へ向かう。途中、教徒がクラウスたちの進行を阻んできたが、リリィが毒で眠らせていった。何度か階段を下っていくと、非常食備蓄用の大倉庫が目の前に現れた。

倉庫内から大声が聞こえてくる。ここが彼らの拠点で間違いないようだ。

「時間がない。手荒にいくぞ。この場にいる全員で突撃する」

「はい、やむを得ませんね」

リリィと他の少女が頷き、武器を構えた。

「目的は大導師だ。直ちに拘束するぞ」

クラウスが先陣を切り、大倉庫の扉を開けた。

広い倉庫内には多数の教徒たちが群がっていた。五十人近い人間が円を作るように並んで、中央の台座に座る人物へ頭を下げている。大導師を崇める声が倉庫中に響いていた。

中央にいるのが大導師なのだろう。

余計な怪我人は出したくない。すぐに制圧しようとクラウスたちは踏み込むが――。

「「「エルーナ大導師様あぁぁっ‼」」」

「「「エルーナ大導師様あぁぁっ‼」」」

「「「エルーナ大導師様あぁぁっ‼」」」

「「「エルーナ大導師様あぁぁっ‼」」」

「「「エルーナ大導師様あぁぁっ‼」」」

教徒たちの中央にはなぜか、死んだ目をしたエルナがいた。

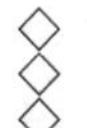

熱狂する教徒たちに囲まれて「不幸……」とエルナは呟いていた。

もはや後には引けそうにない。ここからどう抜け出せばいいのか。

(どうしてこうなったの……?)

過去を振り返りながら、ただ天に嘆くしかなかった。

教徒の一人が暴れた後、大導師の容態が急変した。

突然、大導師が苦しそうに腹を押さえた。額からは玉のような汗が流れている。うめき声が口から漏れ、ベッドの上でのたうち回る。押さえつける教徒たちの制止も振り払い、彼は暴れ続けた。

大倉庫にいた教徒たちは不安そうな顔でベッドを囲んだ。祈るように両手を組み、大導師の回復を願う。さっき暴れていたトーマスも、今は熱い涙を流していた。

五分ほど時間が経つと、大導師の異変は収まった。

ぜぇぜぇ、と口から悲痛な息を漏らしている。彼はシーツを握りしめ、教徒に支えられながら身を起こした。

「……皆さん、すみません。こんな不甲斐ないリーダーで」

哀しいほどに声は掠れていた。

「さっきから身体が激痛を訴えています。今はもう、立ち上がれそうにありません。ダメですね……もう引退の時なのでしょう」

教徒たちは皆、堪えるように床を見つめている。

エルナは息を呑んだ。

そういえば、ずっと大導師の体調は悪いと聞かされていた。シージャック決行の大一番の場でも寝ているのだから、容態は深刻なのだろう。

教徒たちは既に遺言を聞き取るように黙りこくっている。

「もしかして……」

おそるおそるエルナが尋ねた。

「……かなり重い病気なの？」

「いえ、ディナーの食べ過ぎです」

「もうちょい頑張れなの」

「ですが、私の求心力が落ちているのも事実。これも良い機会でしょう。新しく若い指導者が必要です」

二、三時間で回復しそうな大導師は、エルナをじっと見つめてきた。

「エルーナさん、アナタに大導師の座を託します」

「…………………………………………………………………………………………」

この爺さんは何を言っているんだろう、と率直に思った。

とりあえず寝ろ。

薬飲んで眠れば良くなるから、とにかく寝ろ。食べ過ぎで引退すんな。あとシージャック当日に、リーダーが高級ディナーに浮かれて食べすぎるって何やってんだ。余裕か。

言いたいことは山ほどあるが、混乱して言葉が出てこない。

「わたしもエルーナ様が次期大導師に相応しいと思っていました！」

「のっ？」

するとと教徒の一人が声をあげた。

それに続くように、他の教徒たちも続々と口にする。

「エルーナ様っ！　さっきの演説には心を打たれました！」「これまでのX様としての実績も考えれば、むしろ当然」「ふっ、我々四人衆はもう三人衆という訳ですね」「エルーナ大導師様の誕生だ！」「エルーナ大導師、万歳っ！」「新生『太陽に傅く団』ですっ！」「エルーナ大導師様、我らを導きください！」「エルーナ大導師様あぁぁ！」

高まっていく教徒たちの熱狂はもう歯止めが利かず、やがてエルナは大倉庫の中央へ担がれていった。

◇◇◇

「「「「…………………………」」」」

クラウスたちは立ち尽くしていた。

大倉庫は「エルーナ様」「エルーナ様」というコールが鳴り止まない。床が震えるような歓声だ。教徒たちは滂沱と涙を流し、エルナに向かって深々と頭を下げている。その熱い魂の叫びは自殺を考える人間には見えなかった。

なんだこれ、と誰かが呟いた。

答えられる者はいなかった。誰もが、こっちが聞きたいと思っていた。

大導師として崇められているエルナを、クラウスたちは無言で見つめるしかない。

するとと教徒の一人が、ようやくクラウスたちに気が付いた。

「むっ、お前たちは何者だぁっ？」

教徒たちは咄嗟にエルナを守るように武器を手に取った。

「エルーナ様、コイツらは部外者です！　やっちゃいましょう！」「エルーナ様をお守りするんだっ！」「我々三人衆の力を見せつける時っ！」「エルーナ様に歯向かう悪魔に鉄槌をおおおおぉっ！」

狂信的にエルナは崇拝されているようだ。

昂る教徒たちに囲まれ、涙目のエルナが口パクで言葉を伝えてきた。

《た・す・け・て》

彼女はまた不幸に見舞われたらしい。

「……どうしましょう、これ？」とリリィが疑問をそのまま口にする。

クラウスは状況の把握を試みる。

経緯は分からないが、エルナが教団のトップに立っている以上、シージャックは決行されないだろう。彼女が食い止めてくれるに違いない。

「おそらく事件は解決したようだな」とクラウス。

「じゃ、早々に立ち去った方がよさそうですね」とリリィ。

そこで教徒の一人がようやく様子がおかしいと悟ったらしい。エルナとクラウスたちへ交互に視線をやり、不思議そうに首を傾げた。

「……あれ？　もしかしてエルーナ様のお知り合いですか？」

「「「「知り合いではないです」」」」

「のぉっ⁉」

珍しくクラウスと少女たちの息が合った。

助け舟を否定されたエルナは立ち上がり、声を張り上げる。

「あ、あるはずなの！　エルーナに何か用があるはずなの！」

板挟みとなった教徒が不安そうに尋ねてくる。

「ええと……エルーナ様に何か御用ですか？」

「「「「特にないです」」」」

「見捨てないでほしいのっ！」

「「「「部屋を間違えました」」」」

「言い訳が無理やりすぎるのぉ！」

「「「「エルーナ様、万歳」」」」

「受け答えが雑になってるのおおおぉっ！」

『灯』の少女たちは「お騒がせしましたー」と頭を下げ、大倉庫から立ち去っていく。

シージャックがどうこうと関係なく、接点を持ちたくなかった。

取り残されたエルナは涙目になって、呆然としている。

さすがに可哀想かもしれない。

「……そうだな、エルーナ様。これも縁だ。一つ言葉をかけておこう」

初対面を装い、クラウスは教徒たちの間を抜けてエルナに近づいた。止めようとしてくる教徒の間を自然な動きですり抜け、倉庫の中央に辿り着く。

エルナが小声で告げてきた。

「せ、せんせい、早く救い出してほしいの……」

心から救いを求めるように目が潤んでいる。

だが、クラウスが告げなければならないのは別の言葉だった。

「エルナ、よくやった。後は良い具合に収めてくれ」

「のおおおおおおおおおっ‼」

絶叫が大倉庫に響く。

しかし、クラウスが提示した以上の答えが存在しないのもまた事実だった。

かくして豪華客船エクレタヌクのシージャック事件は未遂に終わった。

その後、新生『太陽に傅く団』はエルーナ大導師を崇め続け、やがてエルーナが一度披露したとされるタップダンスが教団内で流行り始める。軽快なリズムは教徒たちの心を昂揚させ、その後、彼らは客船内でゲリラ的にダンスライヴを行い始める。突如船内をタップダンスで埋め尽くした珍騒動は、ある意味ではシージャックの成功と言えた。

そして、その光景を、たまたまムザイア合衆国在住の有名映画監督が目撃し、『太陽に傅く団』にミュージカル映画の出演のオファーが来る。

教徒たちはエルーナを更に強く崇めたが、当の本人は、エクレタヌクがミータリオに入港した直後に失踪。教徒たちはエルーナを『神の使いに違いない』と信じ、希望を胸に、ミータリオの映画界に影響を及ぼす劇団に成長していくことになる。

この結果にクラウスは満足そうに頷く。

「宗教団体の内部に潜入し、ものの二時間でトップまで上り詰める真似は、僕にもできそうにない。まさかエルナがこれほど成長してみせるとはな」

しかし、この賛辞は彼女の心に響くことはなかった。

当の本人はすっかり疲弊しきっていた。

「不幸……」

彼女はミータリオに着いた直後、三日間寝込み続けることになるのだが、その代償は彼女が起こした功績に比べれば、やはり小さなものだった。

これらの奇跡は、多くの脚色を経て、やがて『大導師エルーナ』の名と共に後世に刻まれることになる。また後にミータリオを席巻する『大悪女リリリン』との関連も示唆されるが、それは別の話だろう。

あぁ素晴らしきかな、エルーナ様。

4章　case　リリィ

「懲罰房にいますよ、『花園（はなぞの）』は」

　第十七スパイ養成学校の校長・ペギーが、クラウスにそう告げた。

　パンパンに膨れ上がったスーツを着た、ふくよかな体形の中年女性だ。

　一見、優しそうなおばさん、という容姿だが、かつては海軍情報部で活躍していたらしい。柔和な表情の奥には、疑いの感情が見え隠れしている。

「懲罰房？　なにかしたのか？」

　養成学校の資料を読んでいるクラウスは尋ね返した。

　夜の校長室で二人は言葉を交わす。

「いえ、よくある話ですよ。イジメです。多くの生徒が『花園』に嫌がらせを続けていたようです。試験中に彼女が仲間の足を引っ張ったことが発端らしくて。元々『花園』の成績が悪く、狙われやすかったんでしょうね……」

「確かに。よくある話だな」

「ええ、学校という環境に付き物なんでしょう。お恥ずかしい話です」

「だが、分からないな」

「ん」

「なぜ被害者が懲罰房にいる？　懲罰を受けるのは普通、加害者の方じゃないのか？」

「『花園』が復讐をしたんです」

　ペギーは苦笑した。

「彼女は、イジメの加害者全員に毒を盛って病院送りにしました」

　豪快だな、とクラウスが答えた。

　ペギーいわく、イジメは長期間続いていたらしい。その詳細は聞かなかったが、二十五名の生徒が関わっていたらしく、『花園』はその全生徒の水筒に毒を混ぜた。

　復讐を受けた生徒は、三日間発熱に悶える羽目になった。

　ペギーは首を横に振った。

「情状酌量の余地はありますが、さすがに行き過ぎた行動でしたからね。今は懲罰房にいます」

　ペギーは校長室のカーテンを開けた。

「ここから見えますよ。ここは懲罰房を監視する場所でもありますので」

クラウスは資料から手を離し、校長室の窓際(まどぎわ)に近づいた。

中庭を挟んだ先に小屋があり、大きな窓を通して中の様子が窺(うかが)える。

銀髪の少女が机に齧(かじ)りつくように、真剣な表情で薬物の調合を行っていた。ビーカーを加熱して、生まれた沈殿物を取り出すと、別の薬品と混ぜ合わせる。成果物を専門書と見比べ、恐る恐るそれを舐(な)め、渋い顔をした。

失敗作らしい。

彼女はまた花弁を磨(す)り潰し始め、次の実験に取り掛かる。

「しばらく懲罰房に滞在するから自由に勉強させてほしいって」

ペギーが頷いた。

「頑張り屋なんですよ、あの子。この学校で一番の努力家」

聞けば、『花園』は養成学校に来て八年間、ずっとこんな調子で自己鍛錬を続けているらしい。ただ肝心な時に引き起こすドジのせいで、成績は最悪のようだ。

――落ちこぼれ。

それが彼女に下された評価だ。

将来性を考慮して在籍を認めているが、卒業させるには未熟すぎる。

クラウスがじっと懲罰房を見つめていると、ペギーが尋ねてきた。

「……もしかして、あの子を連れていくんですか？」

「そうだな。今のところは」

「そもそもアナタは何者ですか？　今朝方、上層部から奇妙な指示がありました。ある男に養成学校の劣等生を紹介しろ、と。一体なぜ……？」

「機密情報だ」

「そうですか……ええ、分かります。私共には知る権利がないのでしょう」

口惜しそうにペギーは息をつく。

「あの子は地獄で生き延びました」

つらつらと語りだした。

「世界で初めて毒ガス兵器が使われた村。その唯一の生き残りが彼女です。理由は特異体質としか言えませんね。家族も友人も隣人も全てを亡った地で、彼女は呆然と座っていたそうです。蝿がたかる両親の手を握りしめて」

「…………………」

「思うんです。このままスパイにならずとも、より安全な道があればそれでいいんじゃないかって。これはスパイ養成学校の校長ではなく、一人の人間としての意見です。私共が彼女たちを過酷な訓練を強いるのは、死んでほしくないからですよ」

ペギーは鋭い視線でクラウスを見つめてきた。

「あの子の行き先は、天国？　それとも地獄ですか？」

彼女の声には批難めいた感情が込められていた。

クラウスは、ペギーという女性を評価していた。スパイという枠を超えて、教え子を慮る姿勢は嫌いではない。

ゆえにクラウスも逃げずに答えた。

「彼女には不可能任務に挑んでもらう」

「不可能任務……っ!?」

「無論、僕が死なせない。決して天国ではないが、地獄という程でもない」

クラウスは短く答え、窓から離れた。

彼は多忙である。他にも回らねばならない養成学校は十以上残っている。結論が出たならば、さっさと要求を突きつけて去るのみだ。

彼はノートの切れ端にメッセージを記し、校長のテーブルに置いた。

「『花園』に伝えてくれ。『灯』はお前を招集する、と」

それはチーム『灯』が結成される一週間前の会話。

『紫蟻』との死闘、ミータリオ決戦の五か月前の出来事である。

ムザイア合衆国首都・ミータリオ。

『灯』で後に「ミータリオ決戦」と呼ばれるミッションが始まった。

世界各国から「トルファ経済会議」という国際会議に、大量の役人とスパイが送り込まれていた。世界中の諜報機関がエースを送り込む、混沌とした魔境と化していた。

『蛇』の一員──『紫蟻』はそこで暗躍した。

彼の目的は、無差別に無尽蔵に無慈悲にスパイを殺戮していくこと。彼は一般市民を洗脳し「働き蟻」と呼ばれる暗殺者として教化し、ミータリオに潜むスパイを襲わせた。

各国を代表するスパイが次々と命を落とし、かつて「世界最高のスパイ」とも称された『紅炉』もまた、病状の悪化や身内の裏切りなど不運が重なり、殺された。

悪夢と表現するしかない街に、少女たちは飛び込んでいった。

そして「働き蟻」と対決する。

新聞記者に偽装したジビアは、寡黙な剛腕ボクサー・バロンと暗闇のビルで殺し合った。

ジャズミュージシャンに偽装したモニカは、正確無比な投擲力を持つ女子大生・ミランダと命懸けのダーツ対決をした。

彼女たちは辛くも勝利するが、真の悪夢はここからだったのだ。

『紫蟻』は「働き蟻」が一人失敗した場合、ターゲットを十二人がかりで殺すよう指示を送っていた。少女たちは瞬く間に彼らに包囲され、命を危機に晒していた。

——そしてこの窮地の中、無謀な闘いに挑む少女がいた。

「じゃあ行きますねっ」

そう楽しそうに笑いかけるのは、灰桃髪の少女。『忘我』のアネット。

ビルの屋上でアネットは告げる。

「俺様、リリィの姉貴を見殺しにしますっ」

時刻は夜十一時を回っていた。

ミータリオは眠らない街だ。無数の高層ビル、それに取り付けられたネオンの看板が光を放ち、美しい夜景を作り上げている。

アネットはその煌めく光に身を投じるように、屋上の縁から身を投げた。スカートから射出したワイヤーにぶら下がり、ゆっくりと降下していく。

敵の格好の的である。

現在ビルの上方にはスナイパーが待機している。世界最高の高層ビル、ウェストポートビルの七十階からライフルを構えているのだ。たとえ夜であろうと、逃れるのは至難の業。直接に狙えずとも彼が指示を出せば、地上にいる彼の仲間が拳銃で狙撃するだろう。

——一人の少女が屋上に残り、囮とならない限り。

「アネットちゃんは逃げきれたようですね。情報を届けてくれるといいんですけど」

スナイパーの注意を引きつけるように、屋上で微笑むのは銀髪の少女。

——『花園』のリリィ。

黒を基調とした服を纏い、首に巻かれたリボンをなびかせ、彼女はふくよかな胸を張る。

放たれた銃弾を避け、屋上に置かれた貯水槽の陰に隠れた。

彼女は紛れもなく窮地に立たされていた。

ビルを包囲するのはスナイパーだけではない。「働き蟻」という暗殺者が迫っている。

敵の数は——十二人。

「さて、共和国が生んだ、千戦無敗の最強スパイ。リリィちゃんの本気ですね」

絶体絶命の危機で彼女は笑う。

「十二人？　爆笑。ワンパンで終わる数字ですね。桁二つ増やして出直してこい」

これは記録だ。

仲間も同様の危機に晒されているかもしれない、と判断したリリィは、『紫蟻』の刺客の情報をいち早く情報班に伝えるため、アネットを逃がし、自分だけが現場に残った。ミートタリオの絶望を打開する唯一の策だった。

――アネットが情報班に伝え、それを元に救援が来るまで一時間弱。

リリィは一人で敵と闘い続けた。

養成学校の落ちこぼれと蔑まれた少女が初めて単独で敵に立ち向かう。

これは『花園』のリリィの、命がけの時間稼ぎの記録だ。

リリィを包囲する「働き蟻」の中には、パトリックという青年がいた。

昼間は銀行員として勤める傍（かたわ）ら、夜は暗殺者として暗躍している。

二年前、裏通りを歩いていると五人の暴漢に取り押さえられ、ビルに連れ込まれた。視界を塞がれ冷水を浴びせられ続けた。十五時間飲まず食わずの拷問を経て、頭に刻まれたのは「王に逆らうな」という明快な真理だった。

後は命令されるがままだ。

勤め先の銀行で怪しげな金の入出があった場合、顧客の個人情報を調べ、疑わしければ拳銃で殺す。相手がスパイか一般人かの区別はない。ただ怪しければ容赦しない。

この日もまた指令が伝えられた。

『働き蟻の一人が失敗した。十二人がかりで殺せ』

王からの勅命は連絡係によって伝えられる。

王本人は決して姿を現さない。闇に潜むのみ。その姿を見たこともないが、逆らおうとすれば、身体が拒絶反応を起こし嘔吐感を覚える。

ゆえに彼は無感情に事を進める。

指定された場所に行くと、メンバーは既に集っていた。性別や年齢はバラバラだ。若い女子学生もいれば、老人と言っても差し支えない男性もいる。

「現場は僕が指揮を執るよ。そう命令があった」

パトリックは仲間に短く伝え、無線機を手渡し、周辺に散開させる。

ターゲットが逃げたのは、ウェストポートビルの裏手だ。高層ビルが連なる、ビジネス街である。

「二時間前、警察内部の『働き蟻』がターゲットを取り逃がした。殺人罪をでっちあげ、別の警官に逮捕させようとしたが失敗したらしい。まだ周辺にいるはずだ。捜せ」

パトリックは無線機で連絡を取り合い、包囲網を作り上げる。

ターゲットは間もなく見つかった。

仲間にはウェストポートビルの警備員がおり、彼から「望遠鏡で発見した」という報告があった。ビジネスビルの屋上だ。

パトリックは直ちに現場へ向かった。

まだ真新しい九階建てのビルだ。ある貿易会社が買い取っているが、人は出払っているらしく無人である。暴れるには好都合な物件だった。

パトリックは戦略を組み立てる。スナイパーを含め五人でビルを包囲し、残った七人でビルを上る決断を下す。

スナイパーは常時ライフルを構えていたが、その殺気を敵に気取（けど）られてしまったらしい。即座に発砲したが当てられず、驚いた銀髪の少女はビル内に入っていった。その少女に気を取られ、一緒にいたという灰桃髪の少女は見失ったという。

（灰桃髪の少女には逃げられたか……助けを呼ばれる前にケリをつける必要があるな）

彼は動じない。

まず一階の事務室に向かい、ビル全体のコントロールパネルを見つける。空調から照明まで全て操作できるようだ。ビル全ての照明を作動させた。

そして拳銃を構え、探索を始めた。

一階から二階へ、二階から三階へ、潜むスパイを見つけるために七人で丁寧に捜査する。幸い、ビルは広くない。ワンフロアに部屋が五、六室程度だ。白い蛍光灯が輝くフロアを緊張の下、進んでいく。

パトリックが指示を出していくと、初老の男性が近づいてきた。

「とても理路整然とした指揮ですね……経験が長いのですか？」

虫も殺せなそうな柔和な顔の男性だった。小声で話しかけてくる。

パトリックは感心した。

「へぇ。アナタ、無駄口を叩けるぐらい余裕があるんだね」

「洗脳が緩んだようです」

小声で男は口にする。

「つい先日までは、命令中には会話さえできませんでした……口が固まる……もちろん、今だって決してあの人に逆らおうとは思えませんが……震えがね、止まらない……」

言葉通り彼の手は震えていた。

王は働き蟻同士の不必要な会話を認めていない。情報漏洩や結託を避けるため——と理由は考えられるが、とにかく働き蟻にあらゆる権利を認めない。

そして、少しでも背こうとした時、身体は拒絶反応を示すのだ。

男はその震えを堪え、尋ねてくる。

「アナタもまた、雑談くらいは行えるんですね？」

「うん。実はね、数をこなすと、あの方からの支配が緩むようになるんだ」

「へぇ……」

「任せられる仕事が増えるからね。束縛が却って邪魔になる」

「おぉ、良いことを聞きました。では、いつか支配から脱却できるんですね？」

「無理だよ」

あまりに楽観的すぎる言葉を、パトリックは否定した。

王にそんな慈悲はない。

パトリックたち「働き蟻」を待ち受けるのは、どこまでも深い絶望だ。

「僕は既に三十五人、殺している」

「………っ！　もう、そんなに」

「なんというかね、心が死んでいくんだよ。この域に至ると、もう元に戻れる気がしない。ねぇ？　逆に戻れると思う？　僕たちはもはや殺人鬼だよ？　僕の先輩に『潭水』という人がいるけど、受ける束縛は緩くても退屈そうに人を殺すだけ。まるで人形だ」

「そんな………」

「半年前が一番辛かった。年端もいかない幼い少年を殺したんだ。かなりの実力者だったようだけど、若い命を絶ったことに変わりはない」

後に知ったが、『桜華』と呼ばれる有名なスパイだったらしい。国籍を問わず悪辣なスパイを殺す、義勇の心を持った少年。ここ数年で名だたる工作員を倒してきたという。

そんな彼を射殺したのは、パトリックだった。

まだ子どもといっても差し支えない少年の心臓を撃ち抜いたのだ。無数の働き蟻に追われ、瀕死の状態である少年の息の根を止めた。

その時――人間として大事なものが損なわれた気がする。

自分はもう取り返せないところにいる。仮に王の支配から逃れようと、元の生活に戻れる気はしない。

――パトリックは、もはや支配から逃れたいとさえ思えない。

目の前に広がるのは漆黒の闇だ。

「……………英雄が現れる、と」

すると、男性が何か呟いた。

「ん？」と聞き返す。

「いえ、ワタシの支配が緩んでいるのは、ある紅髪の女性に言われた時からです。その言葉が忘れられない。いつか黒髪の美しい英雄が現れると……」

「……………」

ミータリオの英雄の噂は、パトリックも知っていた。

働き蟻に植え付けられた謎の暗示。王の力でさえ及ばず、多くの働き蟻がその噂を信じている。

男性は目を細める。

「ワタシも願います。アナタも諦めないでください。いつか、英雄が――」

「くだらない」

戯言と一蹴する。

どこぞの誰とも分からない女の妄言になぜ耳を貸す必要などあるのか。

「やめなよ。余計な希望は、結局自身を苦しませることになる。誰も王に敵わない以上、僕たちにできるのは、ただ人を殺すだけで――」

そうパトリックが語っていた時――。

「ストップ、止まれ」

――別のことが気になった。

足を踏み出そうとしていた男性が、え、と困惑の声をあげる。

ビル六階の廊下を進んでいる時のことだ。ここまでは何もなかった。どの部屋も隈なく調べ上げているが、少女の姿はない。

ターゲットは六階より上に潜伏しているようだが、とうとう動きがあった。

パトリックは足元を指さした。

「ワイヤートラップだよ。触れたらガスが噴き出るようになっている。十中八九、毒だろうね」

「あ……気づきませんでした……」

男が呻く。

巧妙に張り巡らされた罠だった。ちょうど廊下の繋ぎ目に沿うように、ワイヤーが張られている。柱の陰にはスプレーが置かれていた。

「ついでに言えば――」

パトリックはワイヤーをナイフで慎重に切った。

「――二段構えだ」

スプレーにはもう一本、ワイヤーが取り付けられていた。解除しようと迂闊に触れれば、作動する仕組みだ。

ターゲットが仕掛けたものだろう。

（相手は僕たちが来ることを見抜いていた……？）

パトリックはすぐ推測する。

（無線機の会話を盗聴されていたのか……なら、立ち向かう時間を与えてしまったな）

その時、男性が、あれ、と怪訝な声をだした。

「上階から音がしますね……鈍い音が断続的にします……」

「うん、何か工作に励んでいるね。面倒な手を打たれる前に止めようか」

鈍い音が響いていた。

正体は分からないが、大がかりな仕掛けかもしれない。

（一番厄介なのは、自爆か……まさか僕たち全員に勝てるとは思っていないだろう。水道管などに細工して、ビルごと爆破とか……？　さすがに道具がないか？）

スパイは自らの命を絶つことも厭わない。

なんにせよ、すぐに止めた方がいい。虱潰しに捜したせいで時間もかかっている。

パトリックは六人の仲間と共に、七階に繋がる階段を上った。

七階の前には何かが立ち塞がっていた。

「次はバリケードか」

七階への侵入を阻むように、オフィス机が横倒しになって積み上がっている。隙間を塞ぐようにピッタリと天板が重なり、人の身長ほどの高さとなっていた。

働き蟻の一人が呻いた。

「これも何かの罠でしょうか？　どかしましょうか？」

パトリックは思考する。

敵はなんのために、これを設置したのか。

「…………いえ、乗り越えましょう。相手は何かを企んでいる。ほんの少し時間を与えれば、一流のスパイならば何重にも策を仕掛けてくる」

幸い、バリケードは天井まで届いていない。乗り越えようと思えば、簡単に行える。

パトリックはオフィス机の天板を足場にバリケードを上り、七階廊下を確かめる。

照明が壊されており、薄暗い空間となっていた。会議室が五つほどあるようだ。扉は閉じられている。廊下には窓もあるが、光を取り入れるためのもので、嵌め殺しとなっている。

「……対策はしましょうか」

パトリックは仲間の一人にある指示を告げ、一階に向かわせた。

そして罠を警戒し、六人バラバラにバリケードを越えていく。

改めて息を呑む。

残るスペースは七階、八階、九階。

そろそろスパイが見つかる頃だろう。

六人全員が七階廊下に到達したところで、また男が呟いた。

「音が鳴っているのは、上からですね。どうします、すぐ八階へ——」

「——フェイクだ」パトリックは断言する。

「え……？」

「においが強い。スパイはこの階にいる」

働き蟻として歴戦のスパイを屠ってきたパトリックの直感が告げる。

音は意識を逸らすためだ。

八階か九階で音が出る細工が行われているようだが、敵がいるのは七階だろう。

パトリックは仲間の一人に「キミが先に行って」と命じる。

二十代の女性は不服そうな顔一つ見せずに頷き、七階廊下を進んでいった。恐れることなく廊下を進んでいったが、奥の会議室の前で異変を見せる。

苦しそうに喘ぎ、身体を痙攣させて倒れる。

「毒ガスだわっ！」

仲間の誰かが叫んだ。

廊下奥にガスが滞留しているようだ。

その時、廊下の各所からガスが噴出した。先ほど見たスプレーのようなものが柱の陰に付けられている。鼻を突くような臭いが廊下に充満する。

（あのバリケードは毒ガスを長く留まらせるためか……）

ピッタリと閉じられた天板で、密室を作り上げていたのだろう。

パトリックは声をあげた。

「息を止めろ！　すぐに下に逃げれば――」

その声を遮るように、何者かが会議室から飛び出してきた。

銀髪の少女だ。まだ幼さが残る愛らしい顔。そして相反するように膨らんだ胸部。見たところ歳は十七か十八か。

今回のターゲットに違いない。

彼女は拳銃を向けてきた。その引き金には既に指がかけられている。

仲間の何人かが飛びのいた。

銃口を向けられれば、それは当然の対応。彼らとて長い時間の鍛錬に費してきたのだ。王の命令は絶対。任務を遂行するために最適な答えを出す。敵の射線に入れば、咄嗟に回避行動をとり、反撃に備える。

しかし、反射的に呼吸をすれば、毒ガスは逃がしてはくれない。

「しまったっ……息を……っ！」

また一人、仲間が床に倒れる。

銀髪の少女は発砲しない。ガスは可燃性なのかもしれない。引火することを避けるためか。拳銃はあくまでブラフか。

クレバーな思考の持ち主のようだ。

(だが、コイツ、ガスマスクもなしにどうして動ける…………？)

パトリックは倒れていく仲間を見ながら戸惑っていた。

まだ年端もいかない少女が堂々と自分たちに立ち向かってくる。

(この女はまだ勝利を諦めていないのか……？)

その事実にパトリックは困惑する。

彼女は拳銃を一度しまい、次に武器を取り出した。右手にはナイフ、そして、左手には針が握られている。

針の先端には液体。毒か。

「本気の本気です」

銀髪の少女の唇が動いた。

「コードネーム『花園』——咲き狂う時間です」

彼女は毒針を振るう。その瞳に闘志をたぎらせて。

◇◇◇

リリィが死闘を繰り広げるビルのそばには、ある少女が現れていた。

「俺様っ、姉貴の様子を見に来ましたっ」

アネットである。

彼女は近くの公衆電話から、ティアに情報を託した。後は救援を待つのみだが、わざわざビルまで戻っていた。

リリィをサポートするためだ。

行動が読みにくい彼女ではあるが、『灯』には一定の好意を抱いている。少なくともサラが作ってくれる牛乳プリンは大好物だ。

アネットはじっとビルを観察する。

周囲には、不審な人物が四人待機していた。通りがかりを装っているが、時折ビルに意味深な視線を向けている。ターゲットが窓から脱出しないよう、見張っている働き蟻だ。

その一人に、アネットは近づいた。

「すみませーんっ」

まるで無垢な童女のような笑みで、彼女は玄関口の女性に声をかけた。

「中に入ってもいいですかっ？　お父さんの忘れ物を取ってくるよう頼まれたんですっ」

演技を始める。

正面から突撃はせず、敵の気を引き、サポートする算段だった。

「え……」

対応したのは、すらっとした四十代の女性。まるで娘を見るような穏やかな目で、アネットを見返した。

「どこの子かな？　ごめんね、今はビルに入れない規則なの」

「えー、お父さんからは『誰でも入れる』って聞きましたよ？」

「…………」

「そもそも、どこの子？　ってなんですかぁ？　俺様、ここの副社長の娘ですよ？　覚えていないんですか？」

「…………」

「そもそも、おばさんは誰ですかぁ？　この時間帯は誰もいなくて、鍵がなければ開かないはずですっ。不思議ですねぇ。俺様、警察に通報しますっ」

適当に嘘を並べるアネット。

少しずつ相手を追い詰めていく。

すると、女性は思わぬ反応を見せた。

突然腰元から取り出したナイフで、アネットを切りつけてきた。間髪入れずに拳銃を構え、ナイフを避けたアネットに向けて発砲する。

銃弾はアネットの身体を掠めた。

彼女の髪がハラリと落ち、ツインテールの一つが解ける。

「………？」尻もちをつき、首を傾げるアネット。

「あ、いえ、ごめんね」

拳銃を握ったまま、女性が申し訳なさそうに頭を下げた。

「別にアナタの嘘を見抜いたとか、そういう訳じゃないのよ。もしかしたら、本当に副社長の娘さんかもしれないね。驚かせてごめんね」

「……」

「蝋人形にしたくなったの。アナタがその、あまりに可愛かったから……この前固めた長女より、本当に素敵……濡れてきちゃった、年甲斐もなく」

「…………」

「これが天職でねぇ。死体処理専門なのよ。闘えないワタシだけでは蝋人形の素材が増えなくて……王に選ばれて以降は充実しているわ」

「…………」

「やはり首を絞めようかな。大丈夫。縄の跡はリボンで覆う。素敵な人形にするからね」

女性はそっとロープを取り出し、強度を確かめるように何度か手でしごいた。熱のこもった息を上げ、上気した顔で歩み寄ってくる。

アネットは立ち上がって、スカートについた砂をはたいた。

「俺様、おばさんのこと誤解していましたっ」

「ん？」

「俺様と同じにおいがしますっ。とっても透き通っていてキラキラしていて、綺麗ですっ」

アネットは女性に手を伸ばし――、

「だから容赦はしなくていいですよねっ？」

――可愛く首を傾げてみせた。


「コードネーム『忘我』――組み上げる時間にしましょうっ」


モーター音が鳴る。女性の足元で。

巨大なムカデのようなロボットが蠢いていた。細長いロボットが素早く移動し、女性の右足を伝い、そのまま絡みつくように脚を上っていく。

――爆発する。

それはあまりに弱い火力だったが、絡みついた身体を破壊するには十分な威力。もげるように脚が砕かれ、女性は目を見開き、そのまま意識を落とす。

アネットは口の端を曲げた。

「む、俺様、最後の爆弾を使っちゃいましたっ。他の武器は、リリィの姉貴に渡していましたねっ」

溢れ始める大量の血に目もくれず、アネットは女性から離れる。

ビルを取り囲んでいる他の働き蟻が、異変を察知して駆け付けてくる。その前にアネットはさっさと逃げだした。

武器のない彼女は闘う術を持たない。

距離をとったところで、改めて敵の実力を確かめるように振り返る。

「もしこの連中が七人も向かっているなら――」

アネットは判断を下した。

「――やっぱりリリィの姉貴には、荷が重いですねっ」

そして彼女はサポートを終える。

十二人の敵を十一人へ――優れた成果ではあったが、状況を覆すには微力だった。

七階の廊下でリリィは首を傾げていた。

あまりに敵が弱すぎたのだ。

毒ガスの海に倒れ伏しているのは、六人の男女。みな拳銃を握りしめている。一般人ではないのは間違いないが、暗殺者と呼ぶには呆気(あっけ)ない。

（あら……案外、大したことがない？）

拍子抜けだった。

いくらお得意の毒ガス攻撃とはいえ、六人を倒しきれるとは思わなかった。毒針で刺すまでもなく、彼らは続々と倒れていった。

倒れた敵を見つめて、推理する。

（わたしを殺人犯に仕立て上げた敵ですからね。厄介な相手と思ったんですが、素人(しろうと)とほぼ変わらないですね……まさか初撃で倒せるとは……）

リリィは敵を見つめる。

（……そもそも、この人たち、何者？　『紫蟻(むらさきあり)』の手先かと思いましたが、違う？　別の国の手先？　それともミータリオのギャングとか？）

この時のリリィは彼らの詳細を知らない。

ジビアやモニカと違い、彼女は直接、働き蟻と闘っていない。仲間を守るため、即座に情報を伝えたが、敵の実力に確信は持っていなかった。

とにかく持ち物を調べようとリリィは倒れる男女に近づいた。

気が緩んでいたことは否めない。

毒ガスに包まれている空間では、リリィは無敵だ。油断するな、という方が無理だ。

そして、それは――パトリックの狙い通りだった。

「――っ！」

昏倒していたはずのパトリックが突如立ち上がり、ナイフで強襲してきた。

リリィは身を捩って回避を試みるが、パトリックはその右肩を正確に突いてきた。続けて彼は、慌てて毒針を振るうリリィの腹部を強く蹴り飛ばす。

受け身を取りつつ床に転がるリリィ。肩の傷口を押さえ、敵を睨みつける。

「どうして、毒を……？」

「フリだよ。逆に聞きたいんだけど、どうして効いたと思ったの？」

パトリックは肩を竦める。

全ては彼の計算通り、と示すように。

「キミが毒ガスを所有しているのは、六階の罠で教えてくれたじゃないか。不自然なバリケードで覆われた廊下、嵌め殺しの窓。それを見れば、キミの狙いはわかる。まぁ、ガスマスクが要らない特異体質には驚いたけどね」

「…………っ」

「ついでだ。今、毒ガスが効かない理由も教えようか？」

パトリックは天井を指さした。

「単純な話だ。空調システムを作動させたんだよ。二分も呼吸を止めれば、この階の空気くらい循環できる」

コントロールパネルが一階にあるのを彼は把握していた。事前に一人を向かわせていた。

しかもこのビルは竣工（しゅんこう）から日が経（た）っておらず、設備は最新式のものだ。

「策に溺れたね」

パトリックが冷たく告げてくる。

「さっきから上から鈍い音が響いている。これは陽動かな？　そのせいで空調の運転音にも気づかないなんて――後は嬲（なぶ）り殺すだけだ」

廊下で倒れていた他の五人の男女が一斉に立ち上がった。

彼らも毒ガスを吸ったフリか。

ほとんど万全の状態で六人の暗殺者がリリィに立ちはだかる。逃げ場である階段を塞ぐような立ち位置で。

このビルにある階段は一つだけだ。

リリィに逃げ場はない。

再び素早い動きでパトリックは、リリィに前蹴りを放った。

彼女はナイフで応戦するが、そのナイフも弾かれる。

「やはり利き手は右手か」

パトリックがほくそ笑む。

「その怪我じゃ闘えないよね？」

「嫌なことを言う敵ですね……っ！」

リリィは彼らに背を向け、走り始めた。途中肩の傷が痛み、バランスが崩れるが、倒れる寸前で堪える。

パトリックは慌てることなく、リリィを追いかける。

彼の読み通り、リリィはもうまともに闘える状態ではなかった。ナイフを強く握ることさえできない。

だが廊下の先に逃げ場はなかった。

嵌め殺しの窓を拳銃で破っても、七階という高さでは飛び降りられない。ゆっくりと降りようとすれば、地上で待機する彼らの仲間に撃ち殺される。

リリィが逃げ込んだのは、男子トイレだった。

小便器が五つ、大便器が二つ、そして、清掃用のロッカーが一つ。天井には排水管が伝っている。特別な設備はない。

「追ってきたらっ！」

リリィは声を荒らげた。

「毒ガスを喰らわせます！　いくら空調が作動しようとトイレは密室です！」

「そうだね、トイレの排気口くらい塞げるしね」

パトリックは躊躇することなくトイレに足を踏み入れた。

「でも、果たしてキミは毒ガスを残しているの？　さっき七階全てを埋めるように放ったのに？」

「……っ」

「まぁいい。僕が倒れたら、また換気されるまで待てばいい。次の一人が殺すだけだ。次の一人が倒れたら、また次の一人が。キミの手持ちがそれほどあるとは思えないけど」

リリィは左手で拳銃を構えた。

パトリックが微笑んだ。

「やっぱり毒ガスは無いか。わざと罠にかかったフリをしてよかったよ」

リリィは発砲するが、利き腕ではない手の発砲は狙いが逸れた。相手を惑わすようなステップを踏んだパトリックに、タイミングがズレる。

彼はリリィに肉薄し、彼女の腹を殴りつける。

前のめりになった彼女の足を払い、その場に倒れさせた。

「さて、これで詰みだ」

トイレの床に倒れ伏したリリィの顔を踏みつけ、彼は告げる。

「無駄な抵抗、お疲れ様」

「ぐっ……」

リリィは立ち上がろうと手を伸ばす。

パトリックがその手を踏みつけてきた。

「質問だ。キミは何者だ？　どこの国のスパイ？　仲間はどこにいる？」

「尋問ですか……っ？」

「僕も悪魔じゃない。全てを吐くなら命だけは保証しよう」

優しい声音で彼は囁いた。

無論、リリィが正直に答えたとて逃がしてくれるとは思えないが。

「……言いませんよ」リリィは首を横に振る。

「どうして？　ここで死ぬよりはずっといいだろう？」

パトリックの声には嘲るようなニュアンスが含まれていた。

「分からないな。そんなに祖国が大事かい？　それとも仲間が？」

「…………」

その質問に、リリィはただ沈黙する。

口を噤んだリリィを見下ろしながら、パトリックは嘆息していた。

（答えない……なら、もう殺すか）

捕らえられたスパイへの尋問は、一部の働き蟻にのみ命じられていた。

王に逆らえない奴隷は、ただ忠実に使命を果たす。

だが必要以上に長居する気はない。つい先ほどビルの玄関口で仲間が一人爆殺されたと報告があった。彼女の仲間が集まっているのかもしれない。

彼は懐から自動拳銃を取り出し、そっとスライドを引いた。

小気味よい音。弾が装填される。

そして銃口をリリィの頭に向けた。

（……この子も世界に屈するんだな）

パトリックは虚しさを抱く。

かつて『桜華』を殺したように、また一つ若い命が散ろうとしている。

(そうだ、王に逆らえるはずがないんだ。余計な希望などいらない)

残念ながら、ターゲットが王に反抗する力を持たないのは明らかだ。

きっと優れたスパイではないのだろう。彼女は十二人の働き蟻を誰一人倒すこともできず、トイレで無様に倒れている。右肩からは血を流し、まともに闘うこともできない。

儚い命を憐れみ、パトリックは引き金に指をかけた。

「――わたしは」

リリィが口を開いた。

「ここよりも酷い地獄に生まれました。人の命なんて笑っちゃうくらい雑に扱われる場所に生きました」

うつ伏せのままで彼女の唇が動く。

「は?」

「知り合いがぼろぼろと死んでいく世界で、わたしは強く願ったんです。生きたいって。ただ生きるだけじゃない。輝きたい。わたしはわたしをゴミ扱いした世界を許さない。誰よりも咲き誇って、チヤホヤされたい。まぁ――エゴですけどね」

「…………？」

唐突に語りだしたリリィに、パトリックは戸惑う。

一体何を語っているのか。命乞い以外に何を吐くことがあるのか。

突然の独白に困惑するしかない。

——パトリックは知らない。

目の前の少女がどれだけの執念を抱えて生きてきたのか。絶望の村で、彼女が魂に何を刻んだのか。養成学校で蔑まれ続けた八年間で、その想いをどれだけ燃やしてきたのか。

そう、『花園』のリリィには宿っている。

どんな状況であろうと勝機に手を伸ばす——底なしの精神力が。

何も知らないパトリックはただ苛立ちを募らせる。

（なぜ無駄な意地を見せている……？）

彼女の態度は、パトリックの神経を逆撫でする。全てを諦めた青年には、彼女の心が眩しすぎる。

「さっきから何を——」引き金に触れる指に力を籠めつつ、彼は声をぶつける。

「あぁ、ところで」

そして、リリィはそっと微笑む。

「――このお遊びには、いつまで付き合えばいいんです？」

パトリックの予想は見当違いである。
リリィの意地は無駄ではない。彼女が繋いだ情報は、アネットが運び、ティアとグレーテが受け取り、やがて彼女たちはそれを十全に扱う。
彼女の揺るぎない精神力は、絶望しかないミータリオの戦況を覆す。

ミータリオの路地の雑居ビルにて。

ジビアとエルナもまた、リリィと同様にビル上層階に追い詰められていた。銃で牽制しながら距離をとるが、弾は無尽蔵ではない。やがて二人の弾が切れ、少しずつ上に追いやられていき、最後には屋上に辿り着いた。

屋上には続々と拳銃を握った敵が訪れる。一人一人が、先ほどジビアと互角に渡り合ったバロンと並ぶ実力を持っていることは間違いない。

ジビアはナイフを構え、エルナより一歩前に出る。一か八かの突撃の準備だ。捨て身を察したエルナが「ジビアお姉ちゃん……」と諌めるが、既に彼女は腹をくくっている。

「目を閉じてろ」ジビアが優しく告げる。「今からあたしが本気で――」

何かを伝えようとする。

介入したのは――痩せ細った黒い影。

ふわりと、屋上に痩せぎすの青年『屍』ことローランドが現れる。

「え……」ジビアが呻く。「なんで、お前が……？」

「新しいご主人様に頼まれてね」

彼は二丁の拳銃を握っている。両手に持ち、なじませるように回している。

どこかウットリした声で尋ねた。

「それより、よく見てくれないか？　なぁ――俺と燎火、どっちが速い？」

後は一瞬だった。

両手で拳銃を放ちながら、十二人の敵の元へ突撃する。敵も当然、正面から向かってくるローランドへ拳銃で応戦するが、彼らが放つ銃弾は不思議と彼の身体の横を抜け、当たらない。

一方、正確無比なローランドの早撃ち。

ティアの命令により一人も殺さないが、その技量は際立っている。きっかり十二発の銃声が響き終わった頃には、敵を全て制圧していた。

「「……っ」」

ジビアとエルナは唖然とする。

――世界を慄かせた暗殺者『屍』の神業だった。

また川沿いの路地にて。

十二人のスナイパーに追い詰められてもモニカは諦めていなかった。サラと共に、保険会社のテナントに身を潜め、窮地を打開する術を探す。

十二人を倒すことはできなくても、モニカ一人ならば逃げきれる。しかし、その場合相方のサラは死ぬ。彼女を見捨てるという選択肢はない。後一ピースが足りなかった。

変化が生まれたのは、希望が見えず、モニカが大きな舌打ちをした時。

自分たちを捜している働き蟻たちが動揺を見せたのだ。

「ここですね……」

そして、直後に裏口から人の声が聞こえてきた。

駆け込んできた人影は、紛れもなくクラウスの姿をしていた。

「先生っ？」「クラウスさん――っ？」

サラとモニカが一瞬目を見開き、すぐにため息をついた。

「――じゃなくてグレーテかよ」モニカが肩を落とした。

「……人手不足です。ボスでなくて申し訳ございません」

「よく場所が分かったね」

「屋根にエイデンさんが止まっておりましたので……」

モニカは意外そうに目を細め、サラを見つめた。

彼女は小さく頷く。夜闇に紛れて、ペットの鳩を飛ばしていたらしい。

「なるほどね。で、敵が動揺しているのは？」

グレーテは自身の顔に手を当てた。

「さきほど一瞬だけ、彼らに姿を晒しました……やはりボスの姿は、敵もご存じのようですね。かなり警戒しております」

「そりゃそうか。闘っても絶対敵わない男が現れたら、誰だってビビる」

「えぇ、素晴らしいですね。これで何回目かになりますが、ボスの姿に変わるのは不思議な感覚ですよ。まるでボスと一体化できたような……」

グレーテははにかんだ。

「……興奮してきました」

「緊張で頭おかしくなった？」

鋭いツッコミを入れつつ、モニカは立ち上がる。

「けどいいよ、グレーテ。キミのおかげで逃げ延びる方法が生まれた。サラも手を貸してくれる？　ボクと一緒に、この采配を下したティアをぶん殴りに行こうよ」

「……策は用意してきました」

「いいね。じゃあ、三人でやろうか」

そう宣言しつつ、モニカは鏡を数枚取り出して指に挟んだ。

——やがて界隈で『焼尽』という異名を轟かせる彼女が覚醒の片鱗を見せる。

「このお遊びには、いつまで付き合えばいいんです？」

リリィがそう宣言した直後、その変化は起きた。

トイレ内の水道管が破裂した。

天井を伝っていた水道管が突然に爆ぜ、その水がパトリックに降りかかる。危機を感じたパトリックは退避の前に、リリィを射殺する決断を下す。引き金を引こうとする。

しかし、リリィの反撃の方が早い。

電流が流れた。

パトリックの全身に、突如焼けるような強烈な痛みが走った。

「――ガッ‼」

口から強い悲鳴が漏れた。

リリィが仕込んでいたスタンガンを作動させたのだ。水道管から噴き出た水が、スタンガンとパトリックを結ぶ導線となる。アネット特製の改造スタンガン。その威力の凄まじさはもはや語るに及ばない。

そして、その電流は作動させたリリィ本人にも及んでいる。

「……いったぁ！」

が、彼女は気合いで乗り切る。

持ち前の底力だけで乗り切り、パトリックを突き飛ばした。

「この女……っ‼」

トイレの入り口で様子見をしていた他の働き蟻がリリィを押さえにかかる。

水道管から噴き出した水は既に勢いが収まっていた。

手負いの少女一人を押さえ込むことなど訳もない。中年の男性二人がリリィからスタンガンを取り上げようと、トイレに飛び込む。

「待て！　背後から更に水が――」

パトリックの制止は利かなかった。

突然トイレの外から押し寄せてきた水が男たちよりも早く、床を呑み込んだ。僅か三センチほどではあるが、男たちの靴が水に沈むには十分。

リリィが起動させたスタンガンを水に浸け、電撃を繰り出した。

突入した男たちは悲鳴を上げ、そのまま失神し、リリィに辿り着く前に倒れ伏す。

もちろん電撃は、再びリリィ本人も喰らっている。パトリックも同様ではあるが。

彼女は足をふらつかせ、顔に笑みを浮かべる。

「あー、さすがにここまで水が溢れちゃうと、電気が拡散しちゃいますねぇ。七階の全員を一網打尽という訳にはいきませんか」

彼女は足を引きずりつつ、清掃ロッカーに向かい「お、ゴム長靴見っけ」と呟き、靴を

脱ぎ捨て履き替えた。

余裕の顔を見せるリリィに誰も手出しができなかった。

二度の電撃を浴びたパトリックは、拳銃を構えることさえままならない。

トイレ内にいる働き蟻は、リリィの電撃を浴びて動けない。

トイレ外にいる働き蟻は、トイレ奥のリリィを射撃できない。迂闊に近づけば、スタンガンを喰らう。

トイレに溜まる水嵩は、既に五センチほどとなっていた。排水溝は事前に塞がれていたのか、流れていく様子はない。

「突然噴き出す水って恐いですよね」

リリィが笑った。

「わたしも一度やられましたよ。先生と初めて会った頃、湖のボートで。追い詰めたと思った相手に、今みたいに」

懐かしそうに眼を細める。

だが、そんな思い出話よりもパトリックには気になることがあった。

「どうして、ここまでの水が……?」

「ずっと八階に溜めていたんですよ。八階と九階の水道管を破壊してね。堰き止めていた水は時限式で流れ、七階のバリケードにぶつかり滞留した。ビルの屋上には貯水槽がありましたからね。その水が直接溢れるようにすれば、短時間で水を溜められました」

「あのピッチリ閉じた机は――」

「毒ガスのためじゃありません。賭けに勝ちましたよ。あの六階の二重ワイヤートラップに気づく実力者なら、バリケードをあえて壊さずに毒ガスの罠に嵌まったフリをしてくれる、と。倒れたフリが上手すぎて驚きこそしましたが、わたしの本命は最初から水攻めです」

パトリックは呻いた。

この年端もいかない少女がここまでの展開を全て予期していたとは。

これ見よがしに置かれていたバリケード――あれを破壊することが正解だったのか？

いや、その場合彼女は毒ガスを温存し別の手段を取っただろう。

彼女は勝負を捨てていない。

絶体絶命の危機にも頭を回し続け、嘘を駆使し、生き延びようとしている。

「今すぐ六階まで逃げろ！」

パトリックはトイレ外の仲間に叫んだ。

「バリケードさえ壊せば、水は流れる！　後は銃で殺せる！」

まだパトリックには三人の仲間が残っている。彼らの一人が階段まで辿り着けば、パトリックたちの勝利だった。

「逃がすとでも?」

しかしリリィもまた駆け出した。

「本気の本気のリリィちゃん!　スタンガン祭りの始まりです——まぁ、わたしはゴム長靴があるのでノーダメですけど!」

彼女もまた二度電撃を浴びたはずだが、その移動にダメージは窺えない。

浸水した床を蹴り、トイレの外まで飛び出していく。

パトリックもまた身体を引きずりながらリリィを追いかける。

トイレ外では、リリィと働き蟻たちの交戦が始まっている。

働き蟻たちは拳銃で武装している。だが、照準を合わせる手間がある銃と比べ、スタンガンの方がずっと早い。

七階の床面は全て水に浸かっている。

パトリックは会議室のドアノブに足を乗せ、回避するが、多くは電撃から逃れられない。

改造スタンガンから放たれる電撃は、それこそ雷のような速度で水を伝い、靴に沁み込む水を伝い、周辺の人間を無差別に攻撃していく。

二人の働き蟻が苦悶の声をあげ、銃を取り落とす。

そして——電撃はリリィも喰らっていた。

「っあぁ、手が濡れているのでゴム長靴……意味なかったですっ！」

そりゃそうだろ、とパトリックはツッコむ。

ドジなのかもしれない。

だが一度よろめいたリリィはすぐに胸を張る。

「でもノーダメ！　わたし、電気も効かない体質なので！」

絶対嘘だろ、とパトリックは重ねてツッコむ。

息をするように嘘を吐き、リリィはバリケードに向かう働き蟻を仕留めようとする。ゴム長靴を脱ぎ捨て、素足で床を駆けていく。

もう彼女はまともに闘うことなどできないはずだ。が、自爆特攻だけで自分たちを圧倒していく。

（一体なんなんだ、この女は……？）

パトリックはドアノブに足を乗せ、壁にへばりついたまま動けなかった。拳銃を構えるが、指が痺れ、その場に取り落としてしまう。それも仕方ないことだ。あのスタンガンを何発も喰らって走れる方がどうかしている。

――『花園』のリリィは動き続ける。どんな苦境であろうと身体を止めない。

――『花園』のリリィは諦めない。本当の地獄を彼女は知っているから。

パトリックが「覆すのは不可能」と諦めた王の支配に、一人の少女が立ち向かおうとしている。

やがて働き蟻の一人が階段のバリケードに体当たりをした。溜まっていた水圧と相まって、床の水は勢いよく流れ出ていく。リリィが最後の一人にスタンガンを当てて昏倒させるが、一度流れ出た水は止められない。

パトリックは拳を握りしめる。

床が浸水さえしていなければ、スタンガンを喰らうことはない。後は復活した仲間と共に、闘えない少女を嬲ればいいのだ。

彼は顔をほころばせる。

「これで、勝っ――」

「――見事だな、リリィ」

冷徹な声が七階に響いた。

パトリックの視線の先では、リリィが頬を緩めている。

「遅いですよ、先生……」

嬉しそうに呟き、ゆっくり床へ倒れていった。

「…………わたしの、勝ちです」

既に彼女の身体は限界を迎えていたらしい。緊張の糸が切れるように瞳を閉じ、闖入者にもたれかかっている。

パトリックの視界からは、その姿はまだ認識できなかったが――。

「――極上だ」

その呟きが聞こえた直後、凄まじい速度で迫る影がパトリックの意識を刈り取った。

働き蟻たちを拘束した後、クラウスは気絶したリリィを横に抱き、階段を下っていた。
何度もスタンガンでの自爆攻撃を行ったせいだろう。服からは焦げた臭いがする。もはや精神力どうこうの問題ではない気もするが、彼女は耐えきったようだ。暗殺者に包囲された中、機転と精神力だけで時間を稼いでみせた。
（……最後に頼ったのは毒ではなく、僕との騙し合いの記憶か）
彼女が取った戦法は現場から想像がついた。リリィらしい戦法だ。『灯』で誰よりも積極的に訓練に励むのは彼女だった。

その事実が誇らしくもあり、愛おしくも感じる。彼女の教官として。

「…………ん」

リリィが目を覚ましたようで、小さく呻いた。

そしてクラウスを見つめて「あぁ」と息を漏らした。

「……駆け付けてくれたんですね、先生。てっきり妄想かと」

「あぁ、お前はしっかり生き延びた」

「現実の先生なら、わたしにディナーをご馳走してくれるはずです」

「じゃあ、妄想かもしれないな」

リリィはどこか虚ろな目をしていた。

「他の子たちはどうなっていますか……？　無事ですか？」

「まだ安心はできないが、対応はできている。お前のおかげだ」

「やっぱり『紫蟻』の仕業です……？」

「そうらしい。僕は今からティアと共に決着をつけてくる」

クラウスは首肯した。

ティアがローランドから『紫蟻』のアジトを聞き出してくれた。一旦潜入したティアが、紫蟻の姿を確認した後、クラウスが乗り込むという計画だ。

そう伝えると、リリィは「ん」と身じろぎ、クラウスの腕から逃れるように床に落ちた。

「……なら先生は準備を進めてください。わたしはもう大丈夫。一人で、歩けます」

それは『灯』のリーダーとしての誇りなのだろうか。震えている足を叩き、階段の手すりにしがみつく。

「アネットと合流するまで僕がいるさ。一人でいるのも辛いだろう？」

「でも、ビル内の敵は全員先生が払ったんですよね？　なら問題ないです」

「…………」

彼女の瞳は真剣だった。

さっきまで殺されかけていた少女とは思えない発言だ。

「たまにはお前も甘えたらどうだ？」クラウスは尋ねた。

「……………？」

「お前にその役目を負わせたのは僕だが、あまりに勇ましすぎる。本当は恐いはずだ。怯えもあるはずだ。なのにお前はそれを隠すように笑い、周囲を励まし続ける。危機が迫れば、道化のように冗談で盛り上げ、一人身を粉にして動く。辛くはないのか？」

「…………………………」

長い沈黙があった後、彼女は首を横に振る。

「……いいえ、まったく」

「そうか」

「でも、たまにはいいかもしれませんね。甘えんぼのリリィちゃん」

「妙な響きだな」

「先生の服をぎゅっと掴み、頭を撫でてほしがるリリィちゃん」

「どことなくエルナっぽいな」

「任務を達成したご褒美に、膝枕を要求するリリィちゃん」

「飯の方が好きだろう、お前は」

「先生助けてくださいって泣きつくリリィちゃん」

「……それはいつも通りだ」

「必要ありませんよ」

リリィは首を横に振り、そっと床に腰を下ろした。

「いつか、そんな醜態を晒すかもしれませんね。でも今はいい。わたしは先生のおかげで、輝く方法を見つけられました。それで十分」

「そうか」

「先生の胸は別の子のために空けておいてください」

そのままリリィは眠るように瞳を閉じた。

かなり大胆な行動だ。拘束しているとはいえ、まだ敵は七階にいるのだ。

だが、彼女はもう限界だろう。

クラウスはそっとリリィの肩に、ベストをかけてやる。

かくして、ミータリオ内のビジネスビルで行われた闘いは幕を閉じる。

『花園』のリリィがたった一人で戦い抜いた記録。

泥臭くもがき続けた少女が得たもの——それは紛れもない勝利だった。

ディン共和国内——。

スパイ養成学校の校長室で、ペギーは息をついていた。

肌寒い日の出来事だった。もう一枚、服を羽織ろうかと考えさせるような風が吹く日。

山奥にあるこの施設では麓を駆けのぼってくるように空気が流れてくる。まるで遠くからの贈り物を届けるように。

そんな日は物思いに耽る。

ここを卒業した生徒は今頃どうしているのだろう、と。

「どうしたんですか？　ため息なんかついちゃって」

校長室で書類整理を行っている若い男性教官に笑われる。

「少し不安になったんです」ペギーは笑った。「うちの卒業生がどうしているかなって」

「そうですねぇ。上層部もたまには教えてくれたっていいのに。それがスパイの世界ですから仕方ないとはいえ」

男性教官は唇を尖らせつつ、同意してくれる。

スパイの世界では、余計な情報のやり取りは行われない。ペギーたちは自分たちの教え子が実際にどのような任務に取り組み、どんな成果をあげているのか知る由もない。

仮に死んでいたとしても報告はない。

その事実が教官として切ない。

よく不安に駆られる——彼女たちは今、どこで何をしているのか。

「うちの優等生たちも結局、卒業試験では良い成績を残せなかったですしね……前線が人手不足で結局、卒業させるしかなかったですが」

「今回は他校の生徒が優秀すぎたんですよ。『残響』のヴィンド、『機雷』のビックスは教官を凌ぐ逸材と評判ですしね。うちの子たちを全滅させた『投影』のファルマは、あの『聖樹』の妹さんでしょう?」

「……世界は広いと言わざるを得ないですね」

改めてため息をついた。

ペギーの学校では抜群の成績を収めていた生徒たちも、他校のトップと並んだ時は凡庸な成績で終わってしまった。

優等生だからといって卒業後に全てがうまく行くとは限らない。

なら落ちこぼれは？　劣等生だからといって全てが失敗するとは限らないのでは？

「あぁ、そういえば」男性教官が笑う。「今朝の新聞を見ました?」

「ん?」

「面白いニュースがありましたよ。眉唾ですけどね」

そう言いながら、彼はその記事を見せてくれた。

――【怪奇！　ミータリオで暗躍する悪魔、大悪女リリリン！】

ゴシップのような見出しで記されていた。

ムザイア合衆国の首都に現れた殺人鬼。七十六人の市民を殺害し、逃亡の末に亡くなった。滞在中の彼女を知る者によると、ディン共和国出身の銀髪のとても可愛らしい少女で、ハンバーガー屋でバイトし、胸が大きく、ドジで、食い意地が張っていて――。

そこまで読んだ時、ペギーは腹を抱えて笑い出した。

男性教官が不思議そうに首を傾げるが、しばらく笑いは止まらない。

確信する。

これは虚報だ。スパイたちが裏で発生した事件を隠蔽するために流したニュース。そして、きっとあの子が関わっているに違いない。特徴はピッタリ当てはまる。

おそらく彼女は生きている。

そして死体を誤魔化すために、彼女の名が使われたのだろう。

「なんだ、元気にやっているじゃない」

ペギーは涙を拭きながら口にした。

これほど気分がいいのは、一体いつ以来か？

彼女は思うのだ――『花園』のリリィの名声はまだ轟き始めたばかりだろう、と。

ここを去っていった落ちこぼれは今、世界で華やいでいる。

間章　インターバル②

陽炎（かげろう）パレスが朝九時を迎えたところで、ジビアが大きな欠伸（あくび）と共に厨房（ちゅうぼう）へ降りてきた。髪には強い寝ぐせが残っている。

厨房では同じように眠そうな顔をしたサラがいた。

「あぁ、おはよう。サラ、お前も今起きたとこ？」

「あ、はいっす。すっかり寝坊してしまいました」

サラはパンを切り分け、トースターで焼いている。他にはサラダが二名分、取り分けられていた。朝食当番だったグレーテが用意したものだろう。

既に自分たちの分以外の皿はなかった。

「他の連中はもう起きているみたいだな」

「あはは、自分たちが最後になっちゃいましたね」

二人は笑い合いながら、朝食の支度を始めた。ナイフとフォークを並べ、冷蔵庫からバターとジャムを取り出す。

その際、ジビアは調理台の上に置かれた、見慣れない紙に気が付いた。

「なんだこれ？」

サラもまた「あれ」と首を捻る。「自分たち宛てのメモっすかね？」

「まぁ、あたしらの分のサラダの横にあるんだし、そうじゃねぇの？　なんだ？　デザートでも冷蔵庫にあんのか？」

二人は期待しつつ、紙をめくる。

《クラウスは、アナタを愛している》

そんな一文が記されたメモだった。

「「…………………………………………」」

絶句する二人。頭には疑問が溢れ出る。一体「アナタ」とは誰を指すのか。普通に考えれば、朝食を摂りに来たジビアかサラのどちらかに宛てた文章である。

二人は同時にその答えに辿り着き、「「んんんっー!?」」と顔が赤く染まった。

誤解五人目、そして六人目。

誤解に次ぐ誤解が生んだ騒動が始まろうとしていた。

5章　私たちを愛したスパイ

「あぁ、至急派遣してくれ。いつまでも壊れている状況はみっともないからな」

クラウスは手短に用件を伝えると、受話器を置いた。自室の事務机の前に腰を下ろし、軽く息を吐く。

彼が電話をかけていたのは、対外情報室の総務課だった。

――かつての『紅炉(こうろ)』の部屋、現リリィの部屋の修理依頼だ。

『屍(しかばね)』任務の直前、リリィの部屋はアネットの爆弾により破壊された。忙しさのせいで修理を行えなかったが、ミータリオでの任務後ようやく時間が取れた。

今後はクラウスが使用する部屋でもある。

少女たちから「紅炉の部屋は、クラウスが継ぐべき」と勧められ、部屋の交換が決まったのだ。彼はずっと『灯(ともしび)』の前チーム『焔(ほむら)』の時代から、下っ端(したっぱ)用の狭い部屋を使い続けている。とうとう卒業する日がやってきた。

――『灯』のボスとしてクラウスは生きる。

その覚悟をようやく決められた気がした。

（まぁ憧れる背中は、偉大だがな）

目を閉じれば、燃えるような紅髪の女性の姿がいつでも思い出せる。クラウスが「ボス」と慕っていた存在——コードネーム『紅炉』ことフェロニカ。


『ねぇ、クラウス。やっぱりもう一つ伝えておくわ——』


彼女はスパイの心構えだけでなく、生き方そのものをクラウスに教えてくれた。技術は他メンバーに教わることが多かったが、メンタル面において彼女の影響は絶大だった。

クラウスは改めて息を吐く。

最強のスパイと自負するクラウスであるが「最高の教師」や「最高のボス」と名乗るには、足りないものが多い。部下たちとのコミュニケーション一つとっても、『紅炉』には遠く及ばない。

（……たまにはアイツらにも関わらせてやるか）

そう決め、クラウスは部屋から出た。時刻はちょうど十二時。昼飯時だ。

食堂に向かうと、少女たちはちょうど八人全員が席についていた。やけに落ち込んでいるティアを除き、穏やかな顔でポトフを食べている。

「あぁ、ちょうどよかった。お前たち」

「「「「「っ⁉」」」」」

一部の少女たちの肩が大きく震えた。

クラウスは首を捻る。

「……ん？　なぜ驚く？」

よく分からないリアクションだった。

リリィ、ジビア、サラ、エルナ、モニカの五名がなぜか緊張したように顔を強張らせている。誤魔化すようにポトフを口に運ぶが、微妙に手元が震えていた。

リリィがぎこちなく笑った。

「あ、あぁいやぁ、なんでも……」

「今日の夕方、リリィの部屋を修繕する業者が到着する。スパイ専門の修繕業者だ。今後も世話になるだろうから、誰か一人、僕と立ち会って――」

「「「「「っ⁉」」」」」

再び震える五人。

やはり異常な反応である。

「……………本当にどうした、お前たち？」

「ひ、一人だけですか？」リリィが尋ね返してきた。

「ん？　あぁ。わざわざ全員の顔を晒す必要もないだろう」

「こ、この中で一人だけ、せ、先生と二人きりで業者さんを待つ訳ですね……！」

「なぜ説明を繰り返す？」

自分と二人で行動することに、何か問題があるのだろうか。

（……なんだか嫌な予感がするな）

恥ずかしそうにしている五人の少女たちは、明らかに様子がおかしい。しかし自分が声をかけると困ったように身体を縮こまらせる。

スパイの直感が良からぬものを察知していた。

とりあえず去った方が良さそうだ。

「まぁ用事があるなら無理にとは言わない」

そう伝え、食堂からすぐに離れることにした。

（……やはり部下とのコミュニケーションほど難しいものはないな）

かつて『焔』を導いたボスの背中にはまだ遠いようだ。

◇◇◇

クラウスが去り、ぎこちない空気が流れている食堂で、グレーテが声をあげた。

「……皆さん、わたくしの方からよろしいでしょうか？」

各々がデザートのリンゴを食べ始めた頃である。

「……休暇が明けた後は、また国内の防諜任務と並行して、普段の訓練が行われると予想されます。今から策の方向性だけ簡単に固めておきたいのですが」

「お、いいですね。グレーテちゃん。賛成です」リリィが親指を立てた。

「はい……つきましては、誰かボスを尾行してくださる者は――」

「「「「「っ⁉」」」」」

先ほど同様、身体をビクつかせるリリィ、ジビア、サラ、エルナ、モニカの五人。その半数がフォークに差したリンゴを取り落としている。

「…………？」

その反応の真意が分からず、グレーテは首を傾げた。

「び、尾行かぁ」

上ずった声でジビアが語り出す。

「ピッタリとアイツの後に続くんだろ？　つまりアレだ。デートみたいな行為だろ？」

「……全然違うと思います」

「いや、そういうのはな、グレーテがやった方がいいだろ？　何か間違いが生まれても、なんだしな」

「間違いとは……？」

「あっ、いや！　失敗するかもってこと！」

手をぶんぶんと振り、発言を取り消すジビア。

グレーテは不思議そうに瞬きを繰り返した。

「わたくしでも問題ありませんが、やはりここは体力のあるジビアさんか……」

「ッ⁉　い、いや、止めとく！」

ジビアが両腕を交差させて、大きなバツ印を作り上げる。

「……あるいは動物の嗅覚を扱えるサラさんか」

「む、むりっす！　パスさせてほしいっす！」

サラがキャスケット帽をぐっと深く被り、顔を隠した。

「……または、モニカさんにお願いしようかと」

「え、嫌だ」

モニカが心底拒絶するように目を細める。

候補として考えていた全員に断られ、グレーテは呆然とした。

「……皆さん、体調が優れないのでしょうか？」

彼女のそばでは、リリィとエルナが顔を俯かせて、話を振られないように取り繕っている。特にリリィは時折わざとらしい咳をして「た、体調が……」と風邪を演じていた。

もちろんグレーテも食堂の空気がどこかおかしいとは察している。だが、その原因を知らない彼女は当惑するしかない。

ちなみに現在のリリィ、ジビア、モニカ、エルナ、サラの内心は以下の通り。

（い、言えないです……！）

（特にグレーテにバレる訳にはいかねぇ。どんな顔をしたらいいのか分からん！）

（まぁ半信半疑だけどね。ただの可能性ってだけで）

（で、でも！　さっきアプローチをかけてきたの！　二人の時間を作ろうとしたの！）

（信じられないっす！　ま、まさか――）

彼女たちの考えは一致していた。

（先生がわたしに（あたしに（ボクに（エルナに（自分に惚（ほ）れているなんて！）

そう、例の『クラウスは、アナタを愛している』という告発文が生んだ誤解が、五人に浸透した直後である。五人全員が各々「クラウスは自分に恋をしているかもしれない」という認識を抱き、彼とどう接すればいいのか分からないまま、悩み込んでいた。

誤解の連鎖の果てに生まれた混沌（カオス）——。

ちなみに、なんとなく経緯を把握したアネットは、満面の笑みを浮かべている。

「俺様、なんだか面白い予感がビンビン伝わってきますっ！」

純真無垢（じゅんしんむく）な悪の申し子は、この誤解を解かないことに決めたらしい。

「……とりあえず訓練の話はしばらく控えますね」

誤解を知らないグレーテは、それ以上踏み込まなかった。

彼女もまた覚悟を決めねばならない予定が待ち受けていた。

グレーテとティアが立ち去った食堂では、アネットのイタズラが始まっていた。

「俺様っ、明日クラウスの兄貴と遊ぶ予定ですが、誰か一緒に来ますかっ？」

「「「「っ⁉」」」」

「誰か一人来てくれると、きっと兄貴も喜ぶと思いますっ！」

「「「「――っ⁉」」」」

「そういえば、クラウスの兄貴、流行のデートスポットを調べていたような？」

「「「「――――っ⁉」」」」

「俺様、今、新しい玩具を見つけた気分ですっ」

　発言の度に反応する仲間に、アネットは満面の笑みを浮かべる。クラウスとの恋愛を想起させるワードを出し、他の少女たちの心を弄ぶ。

　――この女、悪魔である。

『灯』に紛れ込む邪悪な少女は誤解を良いことに、たっぷりとイタズラを試みていた。

　結果、翻弄される五人の少女たち。

　全員がデザートを食べ終える頃には、ジビアとエルナは疲弊しきっていた。

「と、とりあえず食器を片づけようぜ」

「そ、そうなの」

　もはや声に元気も残っていない。

普段冷静沈着なモニカでさえ、今回のトラブルには困惑しているようだった。思わぬ人物から恋心を寄せられている可能性に、対処法が分からない。確かめる訳にもいかず、険しい顔で眉間を抓る。

サラはパニック状態となって、もはや気絶寸前となって天井を見上げるのみ。

そして、リリィは猛烈に焦っていた。

（ヤバいです……‼）

彼女はテーブルに顔を突っ伏しながら、耳まで真っ赤にさせている。

（休暇や任務どころじゃありませんよ！　今後どう先生と接すればいいんですか……？）

人一倍責任感の強い彼女は、真摯にこの問題に向き合っていた。

少女たちのリーダーとして、ボスとの恋愛をどう考えるべきか。

（わたしは先生とそんな関係になりたい訳じゃなく、むしろグレーテちゃんの恋愛を積極的に応援する立場なのに……！）

そう、少女たちが頭を悩ませる最大の要因——グレーテの件だ。

彼女がクラウスに恋心を向けているのは仲間内の常識である。クラウスのため献身的なまでに任務に臨み、スパイとしての成果を出し続ける彼女の恋は、スタンスの差はあれど、『灯』全員が応援している。

しかしクラウスが恋をしているのは、自分かもしれない――‼

その問題しかない事実が、少女たちを苦しませていた。

（も、もし、この事実が他の人たちにバレてしまったら――！）

リリィは最悪のパターンを想像する。

彼女の視点では、この事実を知るのはエルナとアネットの幼い二人のみ。しかしチーム全体に知れ渡ってしまった場合、一体どんな反応をされるのか。

――いえ……ボスが選んだのですから仕方ないことです……胸は痛みますが……。

――見損なったぜ、リリィ。お前は友情より恋愛を取ったんだな。

――リリィ先輩、さすがにそれは酷いと思うっす。

――ふうん、リーダーという立場を利用して誘惑したの？　反吐が出るね。

――あら、案外肉食なのね。私たちでも籠絡できなかった先生を堕とすなんて。

浮かぶのは哀し気に涙を流すグレーテ、そして蔑みの視線を向けるジビア、サラ、モニカ、ティアの姿。

（とんでもない悲劇が起きそうなんですがっ‼）

内心で悲鳴をあげる。

最悪な人間関係ができかねない。『灯』はサスペンス小説のような、ドロドロの息苦しい組織と化すだろう。

（そ、それだけは阻止しなければなりません！）

最悪な未来が頭を過った時、リリィは立ち上がっていた。

「決めました……」

ぐっと唇を噛み、正面を見据える。瞳には力強い炎が感じられた。

他の少女が注目すると、リリィは言葉を続けた。

「皆さん、真剣に聞いてください。もう抑えきれません……っ！」

「いきなりどうした？」

ジビアが呆れた声で視線を向ける。他の少女たちは『また変なことを言い始めた』という疲れた表情で見つめた。

「相談に乗ってほしいことがあるんです……！」

「相談？　ジャンルは？」

「れ、恋愛です」

「はぁっ？」

ジビアだけでなく、食堂にいる少女たちは目を丸くする。

リリィは構わず大声で宣言した。

「決めました――今晩、先生にわたしの気持ちを伝えようと思いますっ……‼」

「「「絶対にやめとけっ‼」」」

渾身のツッコミが轟いた。

食堂で混沌が生まれ続けている一方で、二階の廊下では別の物語が進行していた。

「グレーテ、お願いがあるの」

ティアが自身の相棒を引き留める。今の彼女はしっかり身なりを清潔にし、髪も梳かされ、普段通りの美しい容姿に戻っていた。

「……はい、何でしょう?」

自室の前でグレーテが振り返った。彼女は中々用件を言い出せないティアを見つめ続けていたが、やがて察したように小さく頷いた。

「……『紅炉』さんの遺言の件ですね」

「お見通しなのね」

ティアは疲れた顔で頷いた。

「私一人じゃ限界。知恵を貸してくれないかしら」

二人はその後、ティアの私室に移動した。

何日にもわたって考え続けたせいで、何十枚もの藁半紙が部屋中に散らばっている。本来ならばいくつものブランド品がショーケースに飾られた、大人の耽美さを湛えた部屋なのだが、今は雑然と散らかり、インクの匂いが充満している。

本来はティアが独力で解決したかったが、答えが見つけられなかったのだ。

《クラウスは、アナタを　　　ている》

文章の空白が埋められない。

ヒントは遺言と一緒に同封されていた写真だったが、調べても、どこの建物を写したのか分からず、推理は完全に行き詰まっていた。

グレーテは机に並べられた写真を見つめた。

「……そもそも、ティアさんと『紅炉』さんはどのような関係なんでしょうか？」

彼女が尋ねるのも無理はなかった。『灯』の少女は互いに出自をあまり語らない。

ティアもまた例に漏れず、積極的な開示はしていなかった。仲間が知っているのは、かつてティアが『焰』に助けられたという情報のみ。

「そうね、アナタには明かしておくわね」

　自身の過去を、ティアは打ち明けた。

　――七年前、ティアが十一歳だった頃、新聞社の社長令嬢だった彼女はガルガド帝国のスパイに誘拐されたこと。国外の地で二週間以上、監禁され続けたこと。死にたいとさえ考え、絶望を味わったこと。しかしある日、牢獄の外から女性と少年の話し声が聞こえた後、激しい音が響き、そして紅髪の女性に救出されたこと。背後には、十人の男の惨殺死体が並び、一人の頭部にバールが突き刺さっていたこと。

　――救出されて以降は、十日間、紅髪の女性（後に『紅炉』という『焔』のボスと知るが）に世話をされて過ごしたこと。他にも仲間の気配はあったが、『紅炉』が面倒を見てくれたこと。『紅炉』は毎晩寝物語のようにスパイの話を聞かせてくれ、ティアもまた彼女に憧れを抱くようになったこと。

　以上がティアと『紅炉』の出会いの概略である。

「どう？　ここまで聞いて、何か分かりそう？」

「まず考えられるのは――」

　グレーテは時間をおかずに口にした。

「――『焔』がティアさんを助けた時、ボスもその場にいたのではないでしょうか？」

「ええ、私も真っ先に考えたわ」

ティアもまた何度も考えた内容だった。

あの遺言は『クラウスは、アナタを知っている』という文章ではないか、と。

「確かにね、私はあの時、牢屋(ろうや)の前で女性と少年が話すような声を聞いたのよ」

当時のクラウスの年齢は、十三歳。彼は十歳の頃に『焔』へ加入したらしいから、時系列に問題はない。

しかし、それだと別の謎が生まれる。

「でもね、先生自身は否定したのよ。『私とは会ったことがない』と」

ティアは一度確認したことがある。

『屍』任務直前の訓練中だ。

――『七年前、私は「焔」に命を救われたのよ。先生は覚えていないのかしら？　帝国のスパイに誘拐された、大手新聞社の社長の一人娘』

――『……どうだろう。僕は別行動をしていたかもしれない』

ティアの問いを、彼は否定したのだ。彼ならば記憶違いということもないだろう。

（……確かに答えに妙な間はあったけど）

思い出そうとした時間があったのかもしれない。

それを受け、グレーテが口にする。

「二つの可能性が考えられますね。一つ――ボスとティアさんは当時会っていたが、何かしらの理由でその事実を隠している」

「二つ――本当に会っていないか、ね」

どちらにせよ、謎は残る。

会っていたのなら、クラウスはなぜ秘密にしているのか。

会っていないのなら、自分とクラウスを繋げる因果は一体なんなのか。

そこまで辿り着いたところで、推理が行き詰まってしまったのだ。情報が足りず、自分一人では解けそうにない。

「まずはその二択を絞りたいのだけれど、何か良いアイデアはないかしら」

「そうですね。わたくしの知る範囲では……」

常に淀みなく答えてくれていたグレーテの言葉が止まった。

彼女は何やら神妙な面持ちで口元に指を当て、静かに目を閉じている。

「グレーテ?」

名前を呼ぶと、彼女はゆっくり目を開いた。

「……実を言えば、今日はある方と会う予定だったんです。あの方ならば、ボスの過去を知っているかもしれません」

「えっ、そんな人がいるのっ⁉」

　思わず耳を疑った。

　クラウスの過去を知る人物は、これまで少女たちは常に欲(ほっ)していた。『クラウスを倒す』という訓練の性質上、彼の交友関係や弱点を突き止めたいが、それを所持する人物さえ分からず、少女たちは諦めていた。

　なぜそんな値(あたい)千金の情報をグレーテは隠していたのか。

「教えてくれる可能性は薄いですが」

　彼女の声には、敵対心のようなピリつく色が混じっていた。

「――わたくしはあの方から逃げる訳にはいきませんので」

　次に述べたその人物の名に、ティアは驚愕(きょうがく)する。

　食堂では尚(なお)、誤解が続いていた。

「今晩、先生にわたしの気持ちを伝えようと思いますっ……‼」

「「「絶対にやめとけっ‼」」」

リリィの一世一代の決意は、他の少女たちに猛反対される。その場にいる全員から食ってかからんとする勢いで否定され、リリィは「えええええええええええええええっ⁉」と目を剝いた。

彼女はテーブルを勢いよく叩いた。

「なぜにっ⁉」

「な、なんでって言われてもなぁ」

言いにくそうにジビアが頭を掻いた。ぎこちない笑顔を浮かべつつ、リリィから視線を外して、あらぬ方向を見る。

「えぇと、話を整理するよ」

代わりにモニカが落ち着いた声をあげた。

「キミはクラウスさんに想いを伝えたいんだよね？」

「はい」

「そして、その想いとやらは恋愛のことなんだね？」

「はい、わたしの率直な気持ちを打ち明けようと思います」

「「「絶対にやめろ!!」」」

「だから、なぜっ!?」

再び四人に完全否定され、リリィが叫ぶ。

応援されるとばかり思っていた彼女は顔を俯かせ「早く『先生と恋愛をする気はない』と伝えないといけないんですが……」と呟くが、残念ながらその言葉はパニック状態の少女の耳に届くことなく、逆の意味で受け止められていた。

「説明を求められてもなぁ……」

ジビアが困ったように眉を顰める。

彼女だけでなく、他のサラ、エルナ、モニカも同様の表情だった。

(だって、ボスはあたしのことを好きだからなぁ。告白は百パー、失敗するんだが)

(で、でも『失敗するから止めた方が良い』なんて言えないっすよぉ)

(止めた方がいいの。このタイミングで藪を突くのは危険すぎるの)

(……あれ？　もしかしてボク、何か勘違いしている……？)

噛み合わない話に、唯一モニカだけが疑問を感じ始める。明晰な彼女は他の少女たちよりもいち早く誤解を解消しようとしていた。

モニカは、部屋の端にいるアネットを確認する。彼女に告発文を見せてきた少女だ。

アネットはにこやかな笑みを浮かべ、口元を手で覆っている。

「俺様っ、お口をチャックして見学しますっ」

明らかに事態を楽しんでいる。

「………………」「――――！」

ジトッとした目で睨むモニカ、そして、モニカの視線に気がついたアネット。

しばしの無言タイム。

「……ねぇアネット、ちょっと来い」「俺様っ、逃走しますっ！」

モニカが逃げ出すアネットを追いかけ、そのまま二人は広間から離脱。

ようやく一人、自力で誤解を解消する。しかし他四人の少女たちには一切その予兆はなかった。彼女たちは『クラウスは自分に惚れている』という前提で動き続ける。

仲間の制止を聞かず、リリィは喚き続けていた。

「手伝ってくださいよぉ。わ、わたし、こんな経験がなくて、どうしたらいいのか分かんないんですっ！」

「そ、そうだなぁ。やっぱり衝動を止める訳にはいかねぇよな」

並々ならぬリリィの熱意に打たれ、他の少女も態度を軟化させ始める。

ジビアが申し訳なさそうに告げる。

「けれど、悪い。もうお前をどんな目で見たらいいのか、分からねぇ」

「そんな間違った行為ですかねっ⁉」

サラが真剣な面持ちで拳をぐっと握り込む。

「そ、その前に、自分とリリィ先輩との友情は不滅と誓ってほしいっす」

「よく分からない儀式っ⁉」

二人の少女に真剣な表情で諭され、リリィは困惑したように頭を抱えた。

「えぇ……わたしが知らないだけで、想いを伝えるって大変なんですね」

「エ、エルナは……」

最後におずおずとエルナが手を挙げる。

「ま、万が一傷ついても大丈夫なように、スイーツを用意する方が良いと思うの」

「おぅ、大量に必要だな」「よ、用意するべきっすね。ま、万が一のために……！」

告白が確実に失敗すると考える少女たちは、リリィの告白後のフォローに躍起となった。

リリィは「傷つく？」と首を傾げるが「あぁ確かに先生を傷つけますもんねぇ」と納得する。

とにかくスイーツを買いに行くぞ、と提案を受けて、少女たちは支度を始める。

思わぬ展開にリリィは「ば、万全の準備が必要なんですね……‼」と息を呑む。

「万全の準備をしてください」そうグレーテは指示した。「危険がありますので」

普段の外出では決して携えない拳銃を懐に忍ばせ、外出から二時間後、ティアはある場所に辿り着いていた。かつて訪れたことはあった。

――ディン共和国・首都行政区。

多くのサラリーマンが行きかう区域の一角には『内閣府世界経済研究所』という看板が掲げられた施設があった。普段誰が何をしているのか分からない建物だ。人々はその施設に見向きすることもなく通り過ぎていく。

しかしティアはその建物の真実の姿を知っている。

――内閣府直属 諜報機関『対外情報室』の牢獄。

国内で捕らえられた一部のスパイは、この地下に幽閉されるのだ。かつて『屍』という名で警戒されたローランドという暗殺者も収監されていた。

照明の少ない廊下で、ティアはグレーテと共に人を待つ。

本日、釈放されるのですよ、と事前に伝えられていた。

直接ティアと面識がある訳ではない。だが存在は知っている。世界を震撼させた暗殺者ローランドの補佐としてディン共和国に潜伏し、ウーヴェ＝アッペルという政治家の下で働き、いくつもの暗殺をサポートした女性。

廊下の先から、大理石の床を叩く足音が響いてくる。

やがてその人物は姿を現した。

「お久しぶりですね、オリヴィアさん……！」

「メンヘラ女……っ‼」

『屍』の愛弟子にして面従腹背の残虐メイド長――オリヴィア・フィッシャー。

長い金髪を後ろに束ねた、剛毅な顔つきの女性だった。

白いワンピース姿の彼女は、グレーテの姿を見た瞬間即座に踏み込み、素早い動きで手刀を繰り出そうとする。

グレーテとオリヴィアは宿命の敵なのだ。

殺し合いの果て、仲間のサポートを受けながらグレーテは彼女を拘束した。オリヴィアにとって、グレーテはすぐにでも殺したい相手だろう。

「今わたくしに指一本でも触れれば――」

襲われる瞬間でもグレーテは動じない。

「──アナタは再び獄中に入れられます。長い拷問を再び味わう羽目になる」

「……っ‼」

オリヴィアの動きが止まった。そしてバツが悪そうに振り返り、廊下を見渡した。ここがディン共和国のスパイが集う敵地だと思い出したようだ。

グレーテは淡々と告げる。

「ローランドさんが亡くなったことで、アナタは危険性なしと判断されました。ローランドに操られていただけの傀儡──そう認められなければ、即死刑だったでしょうね」

「彼は……‼　そんなんじゃ……っ‼」

目を剝き、声を荒らげるオリヴィア。

どうやら彼女は既にローランドが亡くなっていることも知っているようだ。彼が亡くなった要因に、ティアも関わっているため、なんとも言えない心地となった。

「……殺したい」

怒気を孕んだ声で彼女は威圧する。

「アンタも、何もかも、ぶっ殺してやる……‼」

「やってみますか……？」

グレーテが挑発的に呟いた。

普段見ない好戦的な態度に、ティアは「ちょ、ちょっと」と制止の言葉をかける。そういえばオリヴィアの件になると、グレーテは冷静さを欠く。

ティアは彼女たちの間に入った。

「や、やめなさい。オリヴィアさん。長い間拷問を受けてきたんでしょう？　まともに動ける状態じゃないはずよ」

ワンピースから覗く彼女の腕は、かなり痩せ細っている。おそらく二か月以上の責め苦を受け、食事も喉を通らなかったはずだ。

オリヴィアは悔しそうに身を引き、不服そうに目を細めた。

「……何の用？　私を嘲笑しにきたの？」

「教えてほしいことがあるのです」

グレーテが口にした。

「ボスの過去――ガルガド帝国のスパイに流出したという情報を教えてくれませんか？」

「はっ、そんなのアンタのとこの尋問員に全て吐いたわよ」

ローランドが亡くなった今、彼女はガルガド帝国に何の義理もないのだろう。

「……末端の我々には共有されない情報ですので」

「知ったこっちゃないわ。アンタに話すことなんて一ミリもないんだけど？」

「ローランドさんは、ミータリオの地にて亡くなりました」

苛立たし気に腕を組むオリヴィアの前で、グレーテが何かを取り出した。

「彼が当時着けていたシャツの襟元です。唯一の遺品を差し上げます」

小さな布切れだった。ローランドが死亡した直後、彼女は襟の辺りをナイフで切り取っていた。

オリヴィアは息を呑んで、じっとそのボタンを見つめた。

「…………………分かったわよ」

しばしの時間が流れた後、気まずそうにオリヴィアは頷いた。

珍しいグレーテの意地悪だった。元々彼女は、この遺品を渡すために訪れていたはずだ。オリヴィアのプライドを傷つけないためか。

煩わしそうにオリヴィアは手を振った。

「けれど、大したことは知らないわよ。私がローランドから聞いたのは『篝火と出会った瞬間すぐ助けを呼び、決して闘わないこと』ってだけ。顔写真と名前くらいよ」

「なるほど……ちなみに名前とは……？」

「いくつか教わったわ。クラウス、ロン、鉄梃、冷徹、アックス、塵の王……だったかな？　それ以上語れることはないわよ」

一方的に答えると、オリヴィアはグレーテから布切れを奪うように受け取った。

グレーテが「ありがとうございます」と礼を伝えると、オリヴィアは鼻を鳴らして、建物の出口に向かって歩き出した。もう話すことはない、と背中で主張している。

「……オリヴィアさん、この後はどこへ？」

「祖国に帰ったら、真面目に過ごすわよ。もうスパイの世界は勘弁」

確か彼女の祖国は、東方の地だったか。

今後、自分たちが立ち寄る予定もない。二度と会うことはないだろう。

「グレーテ」

彼女は大股で出口に向かって進んでいたが、途中足を止め、首だけを後ろに向けた。

「一個伝えておくわ」

「はい……」

「人間ね、異性に愛されなくても生きていけるから。そりゃあ男に愛されたら楽だけどね、それが全てじゃないから。アンタ、依存強そうだから伝えておくわ」

力強い眼差しがグレーテを捉えている。

二人の間にある確執を知らないティアは、そのアドバイスの真意を汲み取ることはできなかった。ただ声音には穏やかな響きを感じ取れた。

　グレーテは首を横に振った。

「……そうですね。それも真理なのでしょうが、わたくしは受け入れられません」

「あ？」

「『誰かに愛されなくても生きていける』……そう強がりなく言えるのは、一度でも愛されたことがある人間だけですよ……」

　彼女は口元をふっと緩めた。

「オリヴィアさんは、きっと愛されていたのですね……」

「やっぱりアンタとは相性悪いわ」

　吐き捨てるように呟き、オリヴィアは去っていった。

　出入口には、二人の女性が扉を挟むように立っていた。対外情報室の工作員だろう。オリヴィアは彼女たちによって空港へ送り届けられるはずだ。

　施設の前に止められた車に乗り込むと、オリヴィアの姿は見えなくなった。

「いつか再会する日はあるのかしら」ティアが呟く。「きっと長い年月はかかると――」

「ティアさん」

　グレーテが寂しげに呟いた。

「オリヴィアさんの寿命はもって半年だそうです」

「え」

「尋問チームは空港である薬品を投与します。彼女は間もなく記憶の混濁が始まり、現実と空想の区別がつかなくなり、理解不能の虚言を振りまいて、やがて死ぬのです」

胸を衝かれる心地がした。

——捕らえられたスパイに待つのは、一寸の光もない絶望。

ディン共和国の防諜策なのだろう。捕まえたスパイをあえて祖国に帰し、真偽不明の滅茶苦茶な情報を敵国にばら撒く。国を守るための手法だ。

ローランドの協力者として、多くの殺人を幇助した報いなのか。

痛みに満ちた世界で、スパイたちが辿り着く末路。

「……本人はその事実を知っているの？」

「教えてもらえないでしょうね」

グレーテは胸の前で祈るように拳をぐっと握り込んだ。

「今度こそ本当にさようなら、オリヴィアさん……」

帰りの汽車の中、二人はボックス席で対面するように座った。乗客は少なく、多少の話し声も雑音でかき消される、機密情報を交換するには打ってつけの空間だった。

しかしお互い口を開くには、かなりの時間を要した。

ティアの正面には、グレーテが深く息をついている。かなり緊張していたようだ。本当は恐れもあったのだろう。瞳を閉じ、じっと押し黙っている。

ようやく言葉を交わせたのは、終点の港町に辿り着く直前だった。

「結局、何か分かったのかしら？」

そう率直に感想を伝える。

残念ながらオリヴィアは多くの情報を語らなかった。ローランドから教わったのは極僅か。正直、拍子抜けした心地もある。

「ティアさん」グレーテは口にした。「『鉄梃』とはバールの意味ですよ」

「え？」

記憶を思い起こす。

かつてティアを攫った男たちは、バールで惨殺されていた。

「……やはりボスとティアさんは会っているんですよ。ティアさんを攫ったスパイたちをバールで殺したのは、当時のボスです……」

クラウスのかつての異名――『鉄梃』。

それが敵国のスパイが、彼に名付けた異称というのなら納得がいく。スパイの世界では、『潭水』のコードネームを持つローランドがディン共和国で『屍』と呼ばれたように、自国で用いるコードネームと敵国で用いられる通り名は異なるのが常識だ。

バールを振るう少年を、敵国は『鉄梃』と呼んだのではないか。

十分に考えられる発想だった。

彼の師匠である『炬光』のギードは、刀を武器にしていた。弟子であったクラウスもまた当時は、棒状の武器を用いていたのかもしれない。

クラウスは、ティアを助けた現場にいた。

「じゃ、じゃあ」

思考を整理しつつ、言葉を述べる。

「なんで先生は、その事実を伏せているのっ？　会ったことがないフリまでして」

「…………」

グレーテは再び黙り込んだ。口元に指を当てた、普段通り思考するポーズをとる。

ティアは息が苦しくなった。

二人は半年間ずっと親密な間柄で過ごしていた。恋愛の師弟関係として協力し、同じ情報班のライバルとして切磋琢磨を続けた。ミータリオでは協力し修羅場も乗り越えた。

ゆえに気づいてしまう——彼女が演技を始めたことを。

「ねぇ、グレーテ」

ティアは尋ねた。

「何か思い当たったのね？」

「…………」

「お願い、全て正直に言ってほしいの。きっとそれは『紅炉』さんから出された宿題なのよ。どんな真実だろうと、受け入れないといけない」

「ティアさんは」グレーテは目線をあげた。「当時をどこまで覚えているんですか？」

思わぬ質問だった。

意図が分からず、瞬きをする。

——私は何かを忘れている？

確かに七年前の出来事だから忘れている部分も多いだろう。かなりショッキングな出来事で、細部の記憶まで合っているかと尋ねられれば、ノー、と否定せざるをえない。

「いえ、語った以上のことは思い出せないわ」

首を横に振る。

グレーテは哀し気に、どこか泣きそうな程に息を止め、じっと熱の籠った視線を送ってきた。やはり彼女の怜悧な知性は、真実に辿り着いたようだ。

「ティアさんの世話は」彼女が告げる。「『紅炉』さん、一人が行ったんですよね？」

「ええ、そうよ……なぜか、あの人だけが……」

スパイチームのボスが自ら、ティアの面倒を見てくれた。クラウス含め、他にもメンバーはいたにも拘わらず、姿一つ見せなかった。

「殺された遺体は、男性のみだったのですね……？」

「え、ええ……私は、男たちに監禁されて……」

惨殺された十人の遺体。

そこには女性の遺体はなく、男性のみに自身が監禁されていると分かった。

「ねぇ、ティアさん」

最後にグレーテはまっすぐな瞳で見据えてきた。

「あくまで推測という前提で聞いてください。おそらくティアさんはその時——」

クラウスは半壊したリリィの部屋に立っていた。

既にリリィ本人の荷物は引き払われて、割れた壁と床しかない。かつて『紅炉』が使用した部屋が作り替わることに寂しさも覚えるが、ちょうど良かったという気持ちもある。

——そう、作り替わるのだ。組織も人も。

クラウスがボスとなり、彼女の遺志を受け継いでいく。

部屋の中央で瞳を閉じる。思い出すのは、『紅炉』とこなした任務の一つ。

七年前——クラウスは『紅炉』と共に、ティアを救っていた。

痛みに満ちた世界で、その少年は不機嫌な顔を浮かべていた。

七年前——つまり当時十三歳だった少年は、今よりも髪が短く切り揃えられ、顔つきに幼さを残していた。重そうなバールを握りしめ、床を引きずっている。

暗い廃屋の奥には、小さな扉があった。

扉の覗き穴から見えるのは、死んだように蹲っている少女だった。身体がかなり汚れている。下着姿だ。露わになっている太腿には殴られたような痣がいくつも見えた。その黒髪の少女は希望をなくしたように身体の力を抜き、死を待ち望んでいるように見えた。

「酷いことするわね……」

少年の隣に立つ、『紅炉』ことフェロニカが呟いた。苦し気に眉をひそめ、じっと囚われた少女を見つめている。

彼女の奪還こそが『焔』のミッションだった。ガルガド帝国のスパイたちは、共和国内の大手メディアに工作を仕掛けていた。対外情報室は一斉摘発を試みたが、一部スパイを取り逃がしてしまう。自棄になったスパイの残党はある新聞会社の社長の令嬢を誘拐した。対外情報室の防諜部隊を振り切り、彼らは国外までの逃亡を成功させた。

少女の奪還は不可能——そう判断された後、動き出したのが『焔』だった。

少年は無言でバールを振り上げ、扉を破壊しようと試みる。

フェロニカから制止の声がかかった。

「クラウス、待ちなさい」

「なに……?」

「あの子にアナタの姿を見せないで。接触も禁じる。他の仲間にも伝えて。全員、特に男性は一切彼女の前に立たないで」

意図が分からず、少年は首を捻る。

フェロニカが厳しい声音で告げた。

「──あの子、性被害に遭った痕跡がある」

あぁ、と少年は淡々と受け止めた。

十三歳だった彼にもその真意は正しく読み取れた。不思議なことではない。一見したところ、誘拐された少女は幼さこそあるが美しい容姿をしていた。連れ去った男たちがその少女をどう扱ったかなど想像に難くない。

少年は引きずるバールを足で蹴り上げ、肩でかつぐように構えた。

正面の扉の先には、ガルガド帝国のスパイが十人いるという。

「クラウス、よく聞いて」

フェロニカはよく通る声で告げた。

「どんな人間にも背景や生い立ちはある。痛みに満ちるこの世界ではね」

「………」

「だから彼らの境遇や出自に想いを馳せることを忘れないで。この世界を恨むことを忘れないで。それでも、あえて言うわ──【一分以内に皆殺しにしなさい】」

少年は駆けだした。

少女が囚われた部屋の正面にある扉を蹴り開け、中に踏み込んでいく。情報通り十人の男が集って、地図を広げ、次なる逃走経路を模索しているようだった。

「おいっ、このガキどこから――！」

室内で叫ぶ男の頭蓋を少年は一振りで砕き、残り九人の男に狙いを定める。まだ身体が出来上がっていない彼は、バールの重量と遠心力を活(い)かし、風が通り過ぎるような速さで次々と男たちの急所を破壊していく。

男たちの悲鳴と、バールが身体をひしゃげていく音がしばらく轟(とどろ)き続けた。

その少年が作る惨状を見た者は彼を『破砕者(アックス)』と呼んだ。バールと一体となって蹂躙(じゅうりん)する様を見た者は『鉄梃』と呼んだ。各国の諜報(ちょうほう)機関は、『焔』の若き脅威に多くの異名を付け、マークする。

しかし今回、少年の襲撃から一分が過ぎる頃には、彼の武勇を語り継ぐ者は一人として残っていなかった。

彼は最後の一人の頭に何の躊躇(ちゅうちょ)もなくバールを突き刺し、懐(ふところ)にあった鍵束を奪った。

フェロニカはまだ扉の前に立っていた。

「悔しいわね」

微(かす)かな呟(つぶや)きが漏れた。

彼女に批難される謂(いわ)れはなにもなかった。任務の依頼を受けた直後から動き、最速で『焔』は駆け付けた。それは本人も理解しているはずだ。

クラウスから鍵を受け取り、フェロニカは告げた。

「あの子は故郷に引き渡す日まで毎日、私が面倒を見るわ。付きっ切りで見なきゃいけない。あの子の瞳に、希望の火が灯るまで」

「…………分かった」

あまりに過保護と感じたが、少年は何も言わなかった。

男は姿を見せるな、と告げられているので、その場を去ろうとする。一分一秒でも廃屋にいたくなかった。血の臭いが充満しても尚残る男臭さが不愉快で、自然と彼らが少女に対して行ったことを連想させた。やりきれない感情がまとわりつく。

「ねぇ、クラウス。やっぱりもう一つ伝えておくわ」

振り返る少年に、フェロニカは優しい声音で告げてきた。

「――――」

少年はじっと彼女を見つめ返した。

穏やかに身体を包むようなセリフ。その感覚が妙に印象的で、彼の心に残り続けた。

フェロニカは言葉通り、少女の面倒を見続けた。

男性陣はもちろん近づけさせなかったし、女性陣も関わらせなかった。粗暴でガサツなゲルデや自己中心的なハイジに、メンタルのケアができるとは思わなかった。組織のボス自ら食事を運び、少女が眠りに落ちるまで寝室に付き添った。

十日間が経つ頃、少女はフェロニカに懐いたらしい。少年が直接その事実を視認することはできなかったが、フェロニカの表情でそれは明らかだった。

「あの子、スパイになりたいと言い出したわ」

ある夜、『焔』のメンバーで食卓を囲んでいる最中フェロニカが嬉しそうに言い出した。まるで娘を自慢するように。

「いずれ私を超えるようなスパイになるわよ。クラウスやハイジと同じように」

少年は目を丸くした。

フェロニカがそこまで言い切るのは稀だった。続く彼女の言葉によっては『焔』への新規加入も十分にあり得る。

クラウスの右隣りに座る、ジャケット姿の男——『炬光』のギードが頭を押さえた。

「……ボス、これ以上ガキを増やすのは勘弁してくれよ？」

大戦の最中、『焔』の幾人かは命を落とし、組織の新陳代謝が行われていた。フェロニカ、ギード、ゲルデという古株を除き、クラウス十三歳、『煽惑』のハイジ十七歳、『煤煙』のルーカス、『灼骨』のヴィレ共に二十歳と、若いメンバーが多かった。

また一人、十一歳の少女を加入させるのは現実的でなかった。

そうね、と残念そうにフェロニカは頷いた。

「でも、いつか加入する日が来るわ。とても綺麗な心を宿しているもの。私たちを助けてくれる、強いスパイになって」

楽しそうに頬を緩めるフェロニカに、メンバーは唖然とした表情を浮かべる。

少年はボスをじっと見つめ続け、胸に刻んだ。一目見ただけの黒髪の少女を。フェロニカが認めた、大いなるスパイの卵を。

いずれ『夢語』のティアと名乗る少女を、少年は忘れなかった。

途中少年の視線に気づいたフェロニカが、少年――クラウスに微笑みかける。

その七年後、フェロニカはミータリオで命を落とす。

死に際、クラウスがティアを連れて来てくれると信頼して――。

『紅炉』と挑んだ任務の一つを思い出し、クラウスは深く息を吐いた。

彼女が魂を託した少女――ティアは主にセクハラ的な意味合いでクラウスとの相性は最悪だったが、『紅炉』がそこまで読んでいたかどうかは謎である。

話したいことは山ほどあった。

（哀しみそのものは既に乗り越えているが――）

かつての『紅炉』の部屋で、クラウスはじっと誰もいない空間を見つめた。

（――欲を言えば、やはりまだ教わりたいことが山ほどあったな）

そう感情を整理し終える。

彼女が好きだったハーブティーでも淹れよう、と彼は部屋から離れた。

グレーテが語り終える。
「……というような推測です」
彼女が指摘したのは――ティアが性被害に遭っていた可能性だ。
そう推測できる要素は十分にあった。

フェロニカは自ら面倒を見てくれた。その場には他のメンバーらしき存在がいたにも拘(かか)わらず組織のボス自ら、だ。ティアが性被害に遭っていたと解釈すれば、納得できる。普通、性被害直後の少女の世話を男性にはさせないだろう。

沈んだ声でグレーテはティアの手を握った。

「ただ、もちろん、これはただの推測で――」

「いいえ、グレーテ。おそらく正解よ。これ以上に正しい答えはないわ」

彼女の推測は、最大の謎を解決する。

クラウスがティアと出会っていた事実を否定する理由。

――そこが性被害の現場だったからだ。

配慮なのだ。一般的に性被害に遭った女性は、その場を誰かに目撃されることを嫌う。

男性であるクラウスが「現場に居合わせていた」と打ち明けないのは彼なりの優しさだ。

「大丈夫よ」

ティアは微笑んだ。

「元々自分が清い身体(からだ)とは思っていないわ……それに、私だって何もされなかったとは考えていないもの」

判明した事実は、もう一つの謎を明かした。

——養成学校時代、ティアが多くの男性と関係を持った理由。

上書き、と呼ばれる行動がある。

性被害者の女性は男性恐怖症を患うと思われがちだが、逆に性に奔放となるケースも多くある。男性と性体験を繰り返すことでトラウマを克服するのだ。心の傷を深くする場合もあるため正しい行動とは言い難いが、ティアが選び取った適応行動の一種なのだろう。

結果として、それがティアをスパイとしての高みに導いた。

恩人が希望を示してくれたおかげだ。

「改めて思っただけよ。『紅炉』さんがどれだけ私のことを考えてくれたのか」

目尻に溢れだした涙をティアは拭った。

「そして……もういないという現実をね………」

ようやく答えに辿り着けた。

彼女のメッセージは次のようなものになる——『クラウスは、アナタを救っている』

ティアを過去と向き合わせるため、そして、スパイの原点を思い出させる言葉。

——世界は痛みに満ちている。

病魔に侵されていたという彼女は、自身の死期を悟り、元々クラウスに全てを託そうとしていたのかもしれない。やがて『焔』に辿り着いたティアが、クラウスと共にこの世界を変えるために動き出すことを望んでいた。

「………『紅炉』さん」

ティアは両手をぐっと顔の前で握りしめて、瞳を閉じた。

汽車が減速を始めた。線路のそばに建物が増え始め、ティアの身体に落ちる影が増えていく。日も暮れ始めたようだ。

「本当に、この世界には苦しいことが多すぎるわ」

「……そうですね」

ティアが呟くと、グレーテもまた湿気を孕んだ声で頷いた。別れたオリヴィアのことを思い出しているのかもしれない。

やがて汽車は港町に辿り着いた。本拠地である陽炎パレスがある街だ。

「ひとまず帰りましょう、私たちの家に」

「はい、ゆっくりお茶でも飲みましょうか……」

二人は頷き合うと、無言で進んでいった。

道中は何も語らなかった。お互いに考えることが山ほどあったし、目まぐるしく動く感情に浸りたかった。

駅から擬態用の宗教学校を通り抜け、二人は陽炎パレスまで戻った。

そして玄関の扉を開けたところで、思わぬ人物が立ち尽くしていたことに驚いた。

「………」

クラウスが何やら絶句して、広間の方向を見つめている。彼が硬直する事態など珍しい。

一体広間では何が起こっているのか。

ティアは「どうかしたの？」と尋ねながら、広間を見た。

そして、部屋中央の珍妙な存在に目を奪われる。

大量のケーキを口にくわえて気絶する、直立不動のリリィがいた。

「一体、何が起きたのよおおおおおおおおおおぉっ‼」

ティアの渾身（こんしん）のツッコミが轟（とどろ）いた。

リリィがケーキ塗れとなった要因は、もちろん例の件である。

ティアとグレーテがシリアスなムードでの遺言解読の一方で進行していた、誤解に次ぐ誤解によって生まれた、バカ共の混沌。

『クラウスは自分を好きだ。チームのため愛を拒絶しなければ！』と決意するリリィ。

『リリィがクラウスに愛の告白をする気だ！』と誤解したジビア、サラ、エルナ。

心理戦のように相手の想いを深読みし続けた一同は、とりあえず万が一告白で傷ついた場合の仮定の下、片っ端から街中のケーキ屋を訪れ、スイーツを買い占めていった。

途中リリィが何度も「こんなにたくさん買い込む必要がありますかねぇっ⁉」と疑問を呈したが、他の少女たちは真剣に「い、一応な！」「大事っす！　万が一のためにも！」「エルナも同感なの！　もう一軒行くの！」とリリィを引き止める。

時間稼ぎである。

ジビア、サラ、エルナは必死に考える。

（くっ、どうすればいい！　今は少しでも時間を引き延ばすしかねぇ！）

（うぅ……まだ心の準備が……助けがほしいっす）

（リリィお姉ちゃんが傷つくところなんて見たくないの。失恋は決まっているの）

三人は同時に考える。

（（――なぜなら、ボスは自分に惚れているからっ‼））

結局三人の誤解は夕方になるまで解けることはなかった。冷静に諭せる人物はおらず、三人の中で疑念はいつの間にか確信に変わっていた。

しかし街中のスイーツ店を回ってしまうと、さすがに引き留める口実がなくなった。自然と陽炎パレスに戻ってしまい、広間に辿り着いてしまう。

四人が両手いっぱいに持ったケーキの箱を机に置いたところで、リリィが笑った。

「さぁ、ではそろそろ先生のところへ行きますか」

朗らかな表情に、ジビア、サラ、エルナは胸が締め付けられる。

特にジビアはその想いが一入だった。リリィと親友のようにバカをやっていた関係である。ずっと恋愛から遠ざかっていたリリィが、初めて誰かに想いを打ち明けたいと決心したのだ。応援できるものなら応援したい。

――しかし、クラウスが愛しているのは自分なのだ！（※誤解）

運命の残酷さを恨み、彼女は唇を引き締めリリィの前に立った。

「なぁ、リリィ。やっぱり中止にしよう！」

「ふぇ？」

「今はその理由については何も言えねぇ。でも頼むよ。せめて明日。まず今日、あたしの方からボスと話すから、それ以降にしてくれねぇか？」

ジビアの熱い言葉に続くように、サラやエルナも並んだ。

「自分も一緒っす！　リリィ先輩をボスの下には行かせませんっ！」

「エルナも同じなの。エルナは、お姉ちゃんとの関係を守りたいの……！」

立ちはだかるように並ぶ三人の少女たち。

リリィは愕然とする。

（な、なんだかジビアちゃんたちの様子がおかしいですっ！）

何か深刻な事情を察するが、彼女もまた引く訳にはいかなかった。

リリィは声を張り上げた。

「なにやら訳アリのようですが、わたしも引けません！『灯』を守るためなんです！」

「分かんねぇ奴だなぁ！」ジビアも叫んだ。「それをやめろって言ってんだよ！」

もはや対話は不可能——交わされた言葉で全員が判断する。

直後リリィは床を強く踏み込み、

「えぇい！　こうなったら本気の本気のリリィちゃんです！　力ずくですよぉ！」

と手近なケーキを武器に構えながら、三人に体当たりをかましていった。

ティアの絶叫を聞きながら、クラウスは眉間を抓る。

広間中にクリームが飛び散って、甘ったるい匂いが充満している。百個以上のケーキが散乱して、絨毯や壁紙をべっとり汚していた。そして、その中には身体中にケーキを纏って、白目を剝き気絶する少女たちの姿があった。

何から指摘すればいいのか分からない。

リリィは口いっぱいにケーキを詰め込まれ、気絶し、白目を剝いて立ち尽くしている。ジビアは広間の扉の前で倒れ、身体中にケーキを纏わせながら気を失っていた。サラは両手にケーキを抱えた状態で絨毯に倒れ、エルナは顔全体がクリームで覆われて真っ白になっている。

激戦が繰り広げられたのは間違いない。

だが、その経緯がまるで想像つかない。

——またバカたちがバカなことをしている。

とりあえず全員を叩き起こして横に並ばせた。エルナの顔についたクリームだけは、丁寧に拭きとってやる。

クラウスは少女たちに疑問の視線を送る。

「えぇと、お前たち……何があった？　朝から様子がおかしかったが」

「うっ、それは……」

リリィが困ったように目を伏せる。他の少女たちも同様に気まずそうだ。

ちょうどその時、広間にモニカが「……ようやく捕まえた」と、縄でぐるぐる巻きに縛られたアネットを引きずりながら現れた。アネットは足を揺らしながら「俺様っ、ミノムシみたいですっ」とはしゃいでいる。

モニカがクラウスに一枚の紙を差し出した。

「多分、この手紙が原因だと思う！」

「「「「あっ⁉」」」」

声をあげるクリーム塗れの少女たち。

その紙を見た、ティアが頬を緩める。

「あら、私が書いたメモね。うっかり落としちゃったのね」

「「「「えええええええええええっ⁉」」」」

四人の少女は、今日一番の驚いたリアクションを見せた。

クラウスは深く頷いた。

「誤解があったようだな。とりあえず各々説明しろ。そうすれば解決するはずだ」

かくして、とうとう誤解を解くフェーズに入った。

リリィから順に、告発文のようなメモを見つけた経緯と、それ以降どう考えて行動したのかを明かした。総括すれば、あまりに滑稽な出来事だった。

「お前たちは本当にノリと勢いだけで行動しがちだな」

「何も言い返せないです……」

クラウスの指摘に、リリィがしゅんとしたように肩を落とした。

この一件に関して、クラウスから言えることは何もなかった。広間を汚すな、と小言を伝えるくらいだ。

誤解が解けた少女たちは、むしろ晴れ晴れとした笑顔を見せていた。

彼女たちもずっと気苦労があったらしい。

「ふふっ」「……くす」

そこでティアとグレーテが噴き出した。

リリィが「ん?」と疑問の視線を向ける中、ティアは腹を抱えて笑い出した。

「あはは! アナタたち、本当におかしいっ‼ 初心すぎるでしょ! 恋愛に不慣れす

ぎて、すっごく可愛い！　自意識過剰で、迷走して、本当に最高ね――！」

憑き物が落ちたような、快活な笑顔だった。目尻を涙で濡らしている。心の底からの笑いのように、彼女はしばらく身体を揺らし続け、声を上げ続けた。

グレーテもまた口元を押さえ「……とても、おかしいですっ……ふふっ、今日も素敵ですね……」と笑い続けている。普段、静淑な彼女からは考えられない姿だった。

他の少女たちは口を開き、笑う彼女たちに唖然としていた。

必死に呼吸を整えた後ティアは、リリィの方を見た。

「ねぇ、リリィ。ありがとう。アナタのおかげで気持ちが晴れたわ」

「……へ？」

「リリィさん」グレーテもまた笑いかける。「……わたくしからも感謝します。憂鬱が吹き飛びました」

二人にお礼を言われ、リリィはクリームだらけの顔で首を捻る。まるで意図が分からないと言いたげに。

「………」

そして、その少女たちのやり取りを、クラウスはじっと見つめていた。

「ねぇ、クラウス。やっぱりもうに一つ伝えておくわ」

七年前、ティアを攫った者たちを鏖殺した現場でフェロニカは告げた。

十人以上の男性から返り血を浴び、クラウスの身体は汚れていた。この時の彼はまだ身体を汚すことなく敵を倒す技術は会得していない。

おどろおどろしい赤で染まった壁。血の臭いが立ち込め、砕かれた男たちの身体からは何とも判別がつかない液体が滲み出ている。そして、その正面にある部屋には、希望を失い、死んだように眠る少女がいるはずだ。

おおよそ地獄としか言えない空間。

しかしフェロニカはうっすら笑みを浮かべていた。

「世界に満ちる痛みがどれだけ大きくとも、心を屈しないで。完璧な希望がどこにもないように完璧な絶望もない。世界にはいつだって笑顔を生み出せることを忘れないで」

フェロニカは口元に穏やかな笑みを宿したまま、少女が幽閉されている扉を開く。

「アナタが――ちゃん?」

慌てて去ろうとするクラウスの背中に、彼女の優し気な声が届いた。

なぜ今その過去を思い出したのか、クラウス自身も理解できなかった。

ただリリィの姿を見た時に、自然と連想した。

——どれだけ痛みに満ちた世界でも、笑顔を絶やすな。

かつてのボスの教えだ。

痛みを抱えているクラウスだけではない。素顔にコンプレックスを抱くグレーテのように、育ての母親から存在そのものを否定されたアネットのように、誘拐されて傷を植え付けられたティアのように、自身の歪んだ精神と自己嫌悪に苛まれるエルナのように、弟妹のことで心に癒えない傷を負うジビアのように、才能の限界と周囲とのズレに鬱屈するモニカのように、人生の目標さえも見つけられない己の未熟さに悩むサラのように。

悩んで傷つき、時に誰かを傷つけて生きていく。

だからこそ笑顔を作り出す、リリィのメンタリティーは案外貴重かもしれない。

玄関に入った時は一瞬暗い表情をしていたティアとグレーテも、今では晴れやかな顔でいる。

（……このチームの笑顔を作るのはリリィだな）

そう認めるしかなかった。

「「「「「「「え…………」」」」」」」

クラウスが考え事に耽っていると、突如少女たちから視線を向けられた。まるで幽霊でも見たように口を開け、固まっている。

「ん、どうした、お前たち？」

そう尋ねると、リリィが声を震わせながら口にした。

「い、今、先生、少し笑いました？」

「どうだろうな。最近笑った例しはないと思うが」

自身の頰に触れて確かめるが、よく分からない。

記憶にあるのは、一度だけ――『灯』の再結成を決めた時だけだ。『焰』が壊滅して以来、笑うことは極端に少なくなった。

クラウスは小さく手を振った。

「それより早く掃除に取り掛かれ。もう少しで業者も来る。新しい『灯』が始まるんだ」

「いやいや、絶対笑っていましたよ――!! 超レアですっ!」

リリィの言葉に続くように、他の少女たちも鼻息を荒くして頷いている。やはり自分は笑っていたのだろうか。自覚がないだけに不思議な心地だ。

「仮に笑ったとするならば、理由は一つだろう」

クラウスは腕を組み、そう言ってみた。

「僕がお前たちを愛しているからじゃないか?」

「その話を持ち出すのは、やめてください!」

顔を真っ赤にさせて叫ぶリリィに、クラウスは小さく「――極上だ」と呟いた。

おまけエピソード

少女たち八人が食堂で昼食をとっている最中、クラウスがやってきた。

「お前たち、誕生日の希望はあるか？　いつにしたい？」

「誕生日ってそんな風に決めるものだっけ？」ティアがツッコむ。

彼の説明いわく、ムザイア合衆国へ入国する際、パスポートを偽造するという。前回ガルガド帝国に潜入した際は、クラウスが勝手に用意したが、今回は一応希望を取ることにした。意見を取りまとめ、対外情報室の調達課に依頼するそうだ。

ティアは顔をしかめた。

「仕方ないとはいえ、誕生日を勝手に決めるのは抵抗があるわね。私の実家では毎年本人不在でもこっそり祝ってくれているそうだし、両親に祝福されて生まれた日だもの。そうね、本物の誕生日とあまり離れていない日にしようかしら……」

彼女の両親は、首都にある大手新聞社の社長夫妻である。本人の希望によりスパイを志したため、実家との関係は良好である。

ティアは他の少女に視線を投げた。

「ね――アナタたちもそう思わない？」

他メンバーは暗い面持ちを浮かべた。

「わたしの出生記録は大戦で消し飛びました」「そもそも出生届を出されてねぇ」「俺様っ、記憶も記録も残っていませんっ」「僕も出生時の記録はないな」「……親との関係は良好と言い難いので」「ボクも右に同じ」「エ、エルナの家族はもう……」

リリィ、ジビア、アネット、クラウス、グレーテ、モニカ、エルナの順に答える。前四人は誕生日不明で、後ろ三人は家族との関係に問題があるらしい。

要らぬ過去を抉ってしまったようだ。

「……ごめん、私が間違っていたわ」

ティアが頭を下げ、サラが苦笑を浮かべる。

かくして決まった誕生日は、以下の通り。

【サラ　1月12日　アネット3月15日　モニカ　5月18日
エルナ　6月4日　クラウス7月11日　リリィ　8月1日
グレーテ9月7日　ティア　11月16日　ジビア　12月9日】

あとがき

お久しぶりです、竹町です。

『スパイ教室』の短編集の2冊目。アネット、ティア、エルナ、リリィ、そしてファーストシーズンの総まとめの巻でした。それぞれの話に関して、あれこれ書いていきますね。

「case.アネット」書く前に「ライトノベルの短編っぽい話を書こう！」と意気込み、出来上がったもの。これまでの短編で一番ポップな始まり……なのに、アネットなので不穏な空気が加わります。これも彼女の素敵な部分。

「case.ティア」なぜかリリィ以上にポンコツが際立っている少女の話。一応、普通に色仕掛けができる設定はずなのに。メイン男性がクラウスじゃなく、普通の男子学生だったら、もっと色っぽい描写が増えていたかもしれない。とにかくクラウスとの相性が悪い。

「case.エルナ」個人的に短編集2巻で一押しの短編。ラストシーンを描きたくて、ひたすら書き上げた作品。何をさせても彼女はキュートに締めてくれます。の。

「case.リリィ」4巻で描写されなかった、リリィにとってのミータリオ決戦。4巻はテンポの都合上で書けませんでしたが、超頑張っていました。普段ふざけているキャラがマジになる感じ、とても好きです。

「私を愛したスパイ先生・私たちを愛したスパイ」今回の書き下ろし。2巻3巻4巻の伏線をあれこれ回収したもの。コメディ回になると、知能指数を50くらい落としてしまうモニカが好きです。リリィやジビアに引っ張られるのでしょう。バールを振り回す少年の物語はいつか、しっかり書きたいかも。

以下謝辞です。毎度のことですが、素敵なイラストを描いてくれるトマリ先生には改めてお礼を申し上げます。『スパイ教室』は２０２１年だけで刊行４冊。その全てに素晴らしいイラストを描いて頂き、ありがとうございました。

そして、いつもtwitterでファンアートを描いてくれる方々にも、あえてこのあとがきで感謝の辞を述べさせてください。投稿される度、作者はかなり喜んでいます。リツイートが漏れていたら、教えてくださいね。いつもありがとうございます。

次回の短編集は『鳳（おおとり）』編。一層騒がしいエリートたちが陽炎（かげろう）パレスにやってきます。

その前に７巻が先だとは思いますが。では、では。

竹町

お便りはこちらまで

〒一〇二－八一七七
ファンタジア文庫編集部気付
竹町（様）宛
トマリ（様）宛

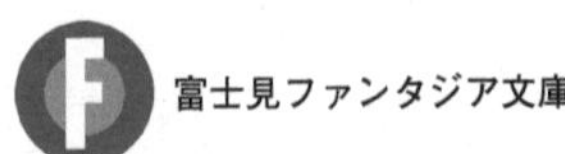

スパイ教室(きょうしつ)短編集(たんぺんしゅう)02

私を愛したスパイ先生

令和3年12月20日　初版発行
令和4年12月10日　4版発行

著者――竹町(たけまち)

発行者――山下直久
発　行――株式会社KADOKAWA
〒102-8177
東京都千代田区富士見2-13-3
0570-002-301（ナビダイヤル）
印刷所――株式会社KADOKAWA
製本所――株式会社KADOKAWA

ISBN978-4-04-074358-5 C0193 ◆◇◇

富士見L文庫

せつなの嫁入り 二

黒崎 蒼

2022年２月15日　初版発行

発行者　青柳昌行
発　行　株式会社 KADOKAWA
〒102-8177　東京都千代田区富士見2-13-3
電話　0570-002-301（ナビダイヤル）

印刷所　株式会社暁印刷
製本所　本間製本株式会社
装丁者　西村弘美

定価はカバーに表示してあります。　◇◇◇

●お問い合わせ
https://www.kadokawa.co.jp/（「お問い合わせ」へお進みください）
※内容によっては、お答えできない場合があります。
※サポートは日本国内のみとさせていただきます。
※Japanese text only

ISBN 978-4-04-074421-6 C0193